うらめしや本舗

遠野秀一
TONO Shuichi

文芸社文庫 NEO

目次

うらめしや本舗

序章

おかしな人に声を掛けられたら
返事をしてはいけません、後悔します。

「ＨＥＹ、そこの脳漿ぶちまけたナイスガイ♪　ウチでちょっとバイトしてみぬか？」

……まぁ、待ってほしい。
気持ちはよくわかるが、いきなり何も言わずにこの本をパタンと閉じるのはやめてほしい。ホント、気持ちは痛いほどわかるけども、ちょっと待って。
頭にちょっとボウフラでも湧いているかなーって人に声を掛けられたら、迷わず全力ダッシュで逃げる。その判断は非常に正しい。むしろ、称賛に値するほどの判断力と行動力だ。とても羨ましい。うっかり返事をして振り向いてしまったら、１００パー後悔する。

……というか、僕は現在進行形で後悔している真っ最中だ。

人の温もりを求めてやまない、そんな年頃だったのは事実だが、それでもあんな奴に声を掛けられて相手をしてしまうなんて……一生の不覚。いや、もうその一生は終わってるんだけど……。

まぁ、それはこの際、どうでもいい。いや、どうでもよくはないけど、今は隅っこに置いておこう。

とりあえず、ここまで読み進めてくれた読者の皆々様には、土下座して感謝をしなければならないだろう。本当にありがとうございます。

さて、長々とくだらない前座を務めてしまったが、本題に移ろう。

……いや、僕だって本当は嫌なんだけどね。仕方ないんだよ、仕事だから。

まず、いきなり意味不明な台詞をほざいたのは僕ではない。天地神明に誓って僕ではない。ここは絶対に間違わないでほしい。そんな誤解を受けては成仏することもできない。もう本当にお願いだから信じてほしい。

えっ、長い？　……うわっ、本当だ。このダラダラとした無駄な話だけで二ページも使ってるじゃん。ごめんなさい。謝るので、パタンとするのはもうちょっと待ってください。お願いします。

でも、察してほしい。僕は正直、この話の続きをしたくないのだ。というより、僕の良心がこれ以上語ってはいけないと言っているのだ。理由は、まぁ、すぐわかる。

えーっと、最初の馬鹿発言について突っ込みたいところはたくさんあると思う。

いきなり声を掛けるにしてもＨＥＹはないだろう、とか、脳漿ぶちまけたって言い方は何とかならなかったのか、とか、ナイスガイなんて言っている人初めて見たわ、とか、バイトの勧誘にしてももっとマシな台詞を言えよ、とか、そもそも全体的に言葉が古臭い、とか……本当に無駄に突っ込みポイントがある。

しかし、実は突っ込みどころは台詞だけではないのだ、困ったことに。


まぁ、とりあえず見てほしい、この異常な景色を。

現在、午前二時である。いわゆる丑三つ時。

よい子のみんなはとっくに寝ている時間、オタクのみんなは深夜アニメを見る時間、積年の恨みがあるみんなは藁人形に釘を打つ時間、君はどれに当たるかな？

深夜、一部例外を除いて、大体の人が寝静まっている時間の住宅街の一角。もっと正確に言うならば、住宅街から駅へと向かう十字路だ。昼間ならば人通りが多く、賑わいを見せる場所だ。ただ先日、交通事故があったから、被害者の親族や知人から花束を手向けられている。

だが、今は頭のおかしい少女が一人いるだけ。

頭のおかしいというのは言動的な意味だけではなく、外見的にもだ。頭髪が奇妙な逆プリン色だった（毛根の方が金色で、毛全体が黒っぽい）。二重の意味でおかしな女だ。それに、恰好もおかしいか。遊び盛りの十代の小娘が、どっかの爺さんみたいな着流しを着ている。三重でおかしい。

まぁ、この女のおかしな点をあげたら、それこそウィ○ペディアを一人で埋め尽くしてしまいそうなので、ここら辺で勘弁しておこう。

ちなみに、この一人という単位は一般人の視点から見た場合。僕から見れば、僕ともう一人いる。だけど、それを差し引いても充分おかしな光景だった。

深夜二時、誰もいない住宅街の一角で、意味不明なバイト勧誘をする少女。しかも、一般人視点だと、この少女一人である。

……理解に苦しむのも無理はない。

僕だって関係者じゃなかったら、何も見なかったことにして回れ右をする。いや、関係者であっても、そうしたい。というより、関係者であることを辞めたい。

「どうじゃ？」

「…………」

どうじゃ、とは先程の発言に対する返答を求める意味なのか？

おそらくそうだろうが、だからといってすぐに返事をできるはずがない。

前述の通り、一般人の視点では少女が一人で勝手に喋っているようにしか見えない。異常な光景だ。周囲に人がいなくて本当に良かった。

「ウチでちょっと小銭稼いで、あの世でエンジョイしてみんか？　ほら、今の手持ちだと三途の川の渡り賃だけじゃろう？　最近、天国にカジノができるって話だから、お金は持っておくに越したことはないはずじゃ」

「……いや、バイトとか言われても……。俺、地縛霊だし……」

それと、今更ではあるのだが、少女が話し掛けているのは僕ではない。

最初の馬鹿発言の通り、先日の交通事故で脳漿ぶちまけたナイスガイ君だ。いや、ナイスガイかどうかは正直、判断しかねた。だって、顔半分ないし。

じゃあ、僕は何者かっていうと、僕も彼と同じく幽霊だ。諸事情があって、少女の言う『バイト』をさせられている哀れな犠牲者。名前は後で教えるよ。

「大丈夫じゃ！　ワシ、引っぺがせるから！　未練があろうと何じゃろうと、こう……、ビリバリベリィィ～って感じで！」

これ、マジだから。元地縛霊の僕が言うんだから信じてほしい。

しかし、この女の話は基本的に信じてはいけない。多分天国にカジノなんてないから。

僕だって成仏してないから知らないけど、カジノがある天国なんて逝きたくない。

何だか業が深そうだし。そもそも、天冠(てんかん)（死んだ人が額に付ける三角のアレ）付けた人達がカジノで熱狂している姿なんて見たくなかった。

僕は目の前にいる哀れな地縛霊に同情していた。彼がどんな正論を言ったところで、意味はないのだ。そもそも、この女と出会ってしまったことが最大の不幸だ。

「さぁ、ヌシも『うらめし屋』で働くのじゃ♪」

第一章

人生、どこに落とし穴があるかわかりません、死んだ後も注意。

僕の最大の不運は、死んだ後に起きた。

あの女と遭遇してしまったことに比べれば、死んだことなんて屁でもない。

いや、まぁ、地縛霊になるくらいの未練はあるのだが、それを通り越して、彼女と出会ってしまったことを後悔していた。

地縛霊になる前からやり直せればいいのだが、世の中、リセットボタンなどという都合のいいものはなかった。どうしてないんだろう？　リセットボタン……。人間、やり直したいことの一つや二つあるというのに。

彼女との出会いを説明する前に、僕の過去について語ろう。

僕の名前は、雨月夏彦（うづきなつひこ）。一年くらい前まではごくごく普通の高校生だった。

地縛霊になる以前は、本当に平凡極まりない普通の人間としての人生を歩んでいた。幽霊なんて非科学的な者がいるなど信じていなかったし、そんな者になるとも思っていなかった。人生、終わった後でも何が起こるかわからないものだ。

今、改めて思い返すと心の傷が疼くのだが、僕にはとても大きな未練があった。

あれは一年前、僕が事故死する当日の昼休みだった。適当に昼飯を消化した後、何となく一人になりたくて、友達の誘いを断って裏庭で昼寝をしていた時だ。

「こんなところにいたんだ、雨月君」

「は、葉山さん⁉」

なんと！　全校生徒の憧れである葉山瑠奈さんに声を掛けられた。

この段階での僕は憧れの人に声を掛けられたことで有頂天になっていて、この時点で死んでいれば大人しく成仏できただろう。いや、無理かな。

何といっても葉山さんは、大国の一つ二つ簡単に傾けてしまいそうな美貌の持ち主で、楊貴妃もビックリなくらいの美少女だった。全世界の男どもが一瞬で魅了されてしまいそうな美しさで、僕も当然魅了されていた。

まぁ、若干、悪戯好きの困った性格なのだが、それもまたいい。むしろ、葉山さんにならいくらでも悪戯されたい。できれば、踏まれたいくらいだ。

「ぼ、僕に何か用？」

「あっ、うん。ちょっとお話がしたくて……。でも、そろそろ昼休み終わっちゃうね」

「なっ、マジか⁉　うわっ、せっかく葉山さんが話そうとしてくれたっていうのに、僕はこんな裏庭なんかで無駄な時間を過ごしていたのか！　一生の不覚だ……」

まぁ、本当の意味での一生の不覚は、この数時間後に起きるのだが、それは置いておこう。

「じゃあ、放課後、時間あるかな？」

女の子が頬を赤らめながら放課後の呼び出し‼

これはもしかして……、いや、もしかしなくても、告白⁉
キ、キタ――――‼　僕の時代が来ましたよ、天国のお祖父ちゃん！
狂喜乱舞したくなる衝動を抑え、僕は極力クールな素振りを維持した。ここで呆れられてしまったら、それこそ成仏できない。

「う、うん！　あるある、超あるよ！　そりゃもうあり余ってて、世界中の恵まれない子供達に分けてあげたいくらいある！」

どの辺がクールかというと、しっかり決めポーズをとっている辺りが、だ。

「あはは、自分の時間は大切にした方がいいよ、雨月君。それじゃあ、放課後……、屋上で待っててくれるかな？」

「わ、わかった！　終業のチャイムが鳴ったら光の速さで飛んでくよ！」

「じゃあ、また後でね」

葉山さんは全世界の子供達を幸せにできるような笑顔を残し、颯爽と去っていった。

後ろ姿も可憐で美しかった。いつかこの日が来ると思っていたけど、まさかこんなにも早く葉山さんに告白される日が来るなんて……。やっと僕の魅力に葉山さんが気付いてくれた。こんなめでたい日はない。ぜひとも国民の祝日にすべきだ。

彼女の姿が見えなくなったのを確認して、僕は改めて狂喜乱舞した。原始人が焚き火の周りでクルクル踊るような感じで。

「ジィイイイイザァァアスッッッ!! 神様ァァァ、アリガトォォォ!!」

歓喜の舞をしながら、僕は勝利（？）の雄叫びを上げた。

薔薇色の世界ってのは、こんなにも素晴らしいものだったのか。

僕は五時間目の授業など当然のようにサボり、この幸福感に酔いしれていた。

しかし、運命はあまりに無慈悲で残酷だった。あと一歩で幸せの絶頂に辿り着くはずだった。それは僕が至上の幸福を手にする寸前に起きてしまった。

美人薄命というが、僕も例に洩れなかったらしい。あまりにも悲劇的な結末だった。

僕は愛する人の想いを聞き遂げる直前で……それは聞くも涙、語るも涙な、不幸な事故に巻き込まれてしまった。そして、我が愛しの姫君はその想いを伝えることもできず、今も悲しみに暮れているはずだろう。

こんな事故さえ起きなければ、二人は幸せなエンディングを迎えていたはずだ。たった一歩踏み間違えただけで、こんな残酷な結末を迎えるなんて、誰も予想できなかったはずだ。どうして運命は幸せの頂（いただき）に至る最後の一歩に、あんな卑劣な罠を仕掛けたのか。

……あれは、誰にも予想できない不幸な事故だった。

僕は屋上に続く階段で起きた悲劇に見舞われ、尊い命を散らしてしまった。

葉山さんの告白を聞く寸前に死んでしまった僕は、彼女を幸せにできなかったことを悔やみ、未練が残り成仏できなかった。

気が付くと、僕はあの悲劇が起きた場所、屋上に続く階段の地縛霊になっていた。あと一歩で屋上に届く場所なのに、その一歩が届かない場所で、僕は一年間も縛られ続けていた。

そんな悲劇から一年、出てこなくてもいい疫病神、そう彼女が現れてしまったのだ。

※

「ヌシが、バナナの皮に滑って階段から転げ落ちて死んだ、間抜けな地縛霊か？」

……。

…………。

…………。

人がせっかく今まで言葉を濁して誤魔化していたというのに、どうしてこの女は登場するなり、いらないことばかり言うのだろうか。

僕とこの女との出会いは、あえて説明するまでもなく最悪だった。

しかも、出会った時間帯がまさにその後の不運を物語っているようだった。

校舎が斜陽に染まり、間もなく夜の帳（とばり）が下りようとする時刻。昔はこの時間帯のことを、逢（お）う魔（ま）が時（大禍時とも）と言い、幽霊や妖怪に出会いそうな時間と言われていた。

お祖母ちゃん子だった僕はこういう言い伝え、迷信をよく聞かされ、結構信じていた。もし、この時に彼女が冒頭の着流し姿だったのなら、幽霊や妖怪かと疑ったかもしれない。だが、この時の彼女は我が校の制服を着ており、見た目はただの女子高生だった。だから、そういう発想はしなかった。

この少女が何者なのか、それはもう少し後で説明しよう。今はただのろくでもない変人娘と思っておけば問題ない。

「その死因、あえて言う必要あんのか⁉」

「噂の確認じゃ……ふっ」

「小馬鹿にしたように鼻で笑うなァァァ⁉　バナナの皮に滑って事故死した僕がそんなにおかしいか⁉　悪いかァ、悪いって言うのか、この野郎！　バナナの皮はマジ危険なくらいに滑るんだぞ！　っていうか、僕なんか本気で死んじゃったんだぞ！」

「まさに滑稽を絵に描いたようじゃな」

「だあああああッ‼　祟ってやる‼　呪い殺してやる‼　地縛霊パワァァァ、カモォォォンンッ‼」

呪殺の念を込めて奇怪な舞を踊ってみたが、何も起きなかった。

せっかく地縛霊になれたというのに、人を祟ることもできないようだ。

無駄に大声を上げて珍妙な踊りをした挙句、不発だったので非常に恥ずかしかった。

何だよ、地縛霊になったんだから、それくらいのスキルを付けてくれ。

「……ぷっ、馬鹿は死んでも治らないって、本当じゃな」

「畜生ォォォッ‼　憐みの目で見るなァァァッ‼」

足はないけど、地団駄を踏む。

「あはははは、愉快じゃのう、馬鹿をからかうのは」

見た目は可愛い女子高生なのに、話し方が何故か爺臭い少女だった。しかも、性格は非常に悪そうだ。

　可愛ければ全てを許されると思っているのだろうか。それは葉山さんだけの特権であって、こんな爺臭い喋り方をする小娘には与えられていない。

確かに可愛い。悔しいが、それは認めよう。髪色が逆プリンみたいな変なコントラストになっているが、目もパッチリとした可愛らしい顔立ちだ。身長とか胸とか微妙に中学生サイズだが、小さいことは決して悪いことではない。

「うっさい！　っていうか、何でお前は僕の姿が見えるんだよ！」

そういえば、と思い出した感じで僕は突っ込みを入れた。

僕は地縛霊なので、今まで誰の目にも見えなかった。そもそも、この女が現れるまで、誰かと会話することすらできなかった。いきなり失礼な発言に突っ込みを入れてしまったが、僕の姿が見えているのが奇妙なことだった。

「あ～、自己紹介してなかったかのぅ」

「あんた、現れるなり、ヒトをコケにしただろう⁉」

「ワシは事実を言っただけじゃぞ」

「よし、その喧嘩買おう！　今度こそ呪って……ぶほぉ‼」

クソアマの拳が僕の顔面を貫いた。文字通り、本当に貫通しやがった。

そして、何故か凄まじく痛かった。これまで誰が僕の身体をすり抜けても痛みなんて全く感じなかったのに、この女の鉄拳は死ぬほど痛かった。

「アァ、やろうって言うんか？　ワシは弱い者に対しては徹底的に強気じゃよ」

「それ、最低じぇねぇか！　っていうか、凄く痛いんだけど、あんたの拳！　何で⁉」

「うむ。除霊用に塩掛けてたからのぅ」

「地縛霊に何てことするんだ、お前は⁉　未練も果たせないまま成仏したらどうしてくれんだ⁉」

僕には、葉山さんを幸せにするという使命、もとい彼女とイチャイチャして十八歳以上お断りな展開になるまでは成仏できないのだ。

「悪霊退散‼」

「ぎゃあああああッ‼」

クソアマは壺から塩を摑むと、おもむろに僕に投げ付けた。

ちょっと目に入った。とても痛い。先程の鉄拳の数倍の威力はあった。

清めの塩って本当に効果があるんだな。爆竹ぶつけられた時みたいな衝撃が走って、洒落にならないくらいに痛かった。特に目が。

「いきなり塩掛けるな！　痛いんだぞ、それ！」

「いや、邪な気配を感じたから先手を打ったのじゃ」

「男の浪漫を馬鹿にするな‼」

「煩悩撲滅‼」

「ぎゃああああああああああッ‼」

し、塩が全身にィィィ!!

このクソアマ、壺の中身を全部ぶちまけやがった!!

ヤバい、意識が天国に行ってしまいそうになるくらいに痛い!!

あぁ、天国には赤い顔した怖いお兄さんがいるんだな。あと、青い顔したオッサンが手招きしてたけど、あんなむさ苦しそうな場所は御免だった。

「こ、この野郎……。一瞬、天国が見えたぞ……」

「えっ？　地獄の間違いじゃ？」

「馬鹿野郎！　人生、清く真っ直ぐ生きてきた僕が地獄に堕ちる訳ないだろう！」

「そうかのぅ？　つまらない悪事、万引きとか無賃乗車とかのツケが溜まり溜まって地獄行きのタイプだと思ったんじゃが」

「ぼ、僕がそんなことをする訳ないだろう……」

あれくらいで地獄に堕ちるなんて……ないよね？　うん、有り得ない。

「嘘発見器!!」

「ぎゃあああああああああああああッ!!」

塩壺ダブルは酷過ぎる!!　っていうか、幾つ持っているんだ!?

ヤ、ヤバい、身体が動かない……。屈強な虎縞パンツの兄ちゃん達が僕の腕を掴んで、天国に連れて行こうとしている。駄目だ、僕はまだ成仏する訳にはいかない。

「お、お前、僕を殺す気か？」

「何言ってるんじゃ。ヌシはもう死んでるじゃろ。バナナの皮に滑って……ぷっ」

「だから笑うなっての！　っていうか、いい加減名乗れよ、お前！」

「強制成仏!!」

「ぎゃあああああああああああああああああああッ!!」

トリプル!!　器用過ぎだ、この女!!

って、こっちもマジでヤバいっす!!　閻魔様が直々に出向いてきやがった!!　天国って随分と物々しい雰囲気だな、畜生!!

「っていうか、さっきからお前は何するんだ!?」

「えっ？　何って、除霊じゃが」

「っていうことは、お前は霊能力者か何かなんだな？」

僕は曲がりなりとも地縛霊だし、霊能力者が除霊しに来るのは理解できる。まぁ、そんなものが現実にいたらの話だけど。

「いや、妖怪じゃよ」

「何で妖怪が地縛霊を除霊するんだよ！」

地縛霊がいるくらいだし、妖怪がいても不思議ではない。

それより、どうして妖怪が地縛霊を除霊しようとするのだろうか。一応、幽霊と妖怪って仲間みたいなものではないのか。まぁ、僕の中でこの女は敵として認定しているけど。

「ワシは柿崎瓜子（かきざきうりこ）、天邪鬼（あまのじゃく）じゃよ」

「お前はことごとく僕の言うことを聞かないな。あぁ、天邪鬼だからか、畜生！」

とにかく、このクソアマの名前が判明した。

突如現れた天邪鬼、柿崎瓜子は、玩具を見るような眼で僕を観察していた。

昔話とかに出てくる天邪鬼っていいイメージがないよな。まぁ、もうこの女の場合は登場した瞬間から最悪だったけど。そして、そのイメージが回復することは絶対にない。

……っていうか、アレ？　瓜子ってどこかで聞いたことがある気がする。えっと、どこだっけ？　何かの昔話だった気がするんだけど、全く思い出せなかった。

「ヌシは面白愉快だから採用じゃ！　『うらめし屋』で働くがいい！」

「はぁ？」

この瞬間、僕の平穏な地縛霊ライフ（？）は終焉を告げた。

そして、この史上最悪の天邪鬼、柿崎瓜子に振り回される日々が始まったのだ。

※

さて、柿崎瓜子が出てきたので、ようやく『うらめし屋』の話に移れる。本当に無駄に前振りが長かった。

別にあそこから時系列順に語っても構わないのだが、あの女は僕に事情を語らずに勝手に話を進めていく。うらめし屋のちゃんとした説明を受けたのは随分後のことだった。だから無駄な前フリが必要だった。ご容赦あれ。

まぁ、それほど難しい説明が必要という訳ではない。基本的な部分は、時系列順に語ってもすぐに理解できるだろう。ただ、『うらめし屋』ができた経緯とか、背後関係的な情報はさっぱり出てこない。だから、ここで説明しておこうと思う。

まず、大前提として世の中、僕みたいな幽霊とか妖怪がいることを理解してほしい。

僕自身、地縛霊にならなければ信じられなかった話だけど、幽霊や妖怪ってのは世の中に溢れているらしい。おまけに霊能力者や魔法使いなんてのも結構いるそうだ。で、そういう奇妙奇天烈な連中は今現在、世の中に混乱が起きないように組織立って自分達の存在を隠すように行動している。妖怪達もそれに倣（なら）って、自らの存在を隠して生活をしていた。まぁ、お上に逆らって痛い目を見るのは勘弁ということだ。また、利害関係から組織に協力するような妖怪も結構いるそうだ。

そして、うらめし屋は、霊能力者組織（？）に協力する妖怪集団の一つだ。

うらめし屋の主な役割は、『隠蔽』『誘導』、そして『娯楽』だった。

『隠蔽』と『誘導』の役割はほとんど同じだ。うらめし屋は、幽霊や妖怪、それらを一般人に知られないようにするため、いろいろと工作するのが仕事だ。

といっても、うらめし屋は特定の地域に常駐して、霊や妖怪が集まる場所を隠すことはしない（常駐して隠蔽活動をしている人達のことを通称『霊域管理者』と呼ぶ）。隠していた地域が人々の噂になった時、誤情報を流したり、別の場所で軽い騒動を起こしたりして人の目を逸らすことが主な仕事だった。

また、うらめし屋の場合だと『隠蔽』と『誘導』は大差がないようにも思えるが、それをする相手に違いがあった。『隠蔽』の場合、何も知らない一般人に対してだけ。『誘導』の場合、一般人だけではなく幽霊や妖怪にも行動を起こしてもらう時がある。

『誘導』の一例は、先程の僕と瓜子のやり取りだ。

当時の僕は知らなかったのだが、どうやら校内で僕のことが噂になっていたらしい。そのため、瓜子が出張って噂の火消しに来たらしい。わざわざ転入生を装って潜入したというのだから手が込んでいる。

つまり、瓜子は校内で噂になっていた屋上階段にいる地縛霊を別の場所（結果的にうらめし屋）に『誘導』し、誤情報を流布して本当の幽霊の存在を『隠蔽』したという訳だ。

……まぁ、この女、高校生活が楽しくて一ヶ月くらい僕のことを放置していたらしいけど。

で、最後の一つ、『娯楽』について。これは、いわゆる他の二つの仕事の派生で生まれたものだった。そして、何故か一番主流になってしまった仕事だ。

『娯楽』を簡単にまとめると、リアル心霊スポットを作って、ふらりと迷い込んだ一般人を面白おかしく脅かしてやることだ。

今までの話と矛盾している気がするが、いわゆる情報操作の一つだ。

まず大前提に、組織として隠しておきたい本物の心霊スポット（幽霊や妖怪の住処）がある。これは一般人に知られてはいけない。そのため、全く違う場所に噂を流して、人の関心を逸らすというのが、うらめし屋のやり方だ。

しかし、うらめし屋の情報はただの嘘なので、いかにも何か出てきそうな場所であっても何もいない。それでは、噂が大きくならない。そのため、噂を煽るためにうらめし屋の者達が一肌脱いで、本物の心霊現象を起こすのだ。

元々、噂を大きくするための遊びだったのだが、いつしかこの『娯楽』がうらめし屋の一番の仕事になってしまった。何しろ、瓜子のような本物の妖怪が起こす心霊現象なので、なかなかの迫力がある。まぁ、多少やり過ぎている感はあるけど。そして、これが予想外にウケてしまい、何も知らない一般人を脅かすだけでなく、事情を知っている組織の者達がお化け屋敷でも見るような感じで訪れるようになった。

まぁ、移動するお化け屋敷、もしくは怪奇サーカスみたいな感じか？

とにかく、うらめし屋ってのは天邪鬼の瓜子を筆頭にして、罪もない一般人を脅かす性質（たち）の悪い妖怪集団だということだ。

※

「うらめし屋？　いきなり何言ってるんだ、お前」

「いいから来んか！」

瓜子は僕の腕を掴むと、強引に引っ張り出した。

当然、僕は抵抗した。いきなり人に塩をぶつける（あまつさえ除霊ダメージあり）奴の言うことを聞く義理などなかった。というより、この時点で瓜子に関わるのは危ないと感じていた。その予感は腹立つくらいに当たっていたのだが。

それに、僕は地縛霊なので、そもそも未練が発生したこの場所から移動することができない。少なくとも僕は自分の意思では動けないはずだった。

　だから、当然、瓜子の行動は無意味だと思っていた。しかし、それが甘い考えだと身を以て思い知らされた。

「離せ、馬鹿！　何だか知らないけど、お前の言うことなんか聞けるか！　それに、僕は葉山さんの告白を受けて、キャッキャキャッウフフな展開になるまで成仏できないんだよ！」

「そんな妄想、ヌシが生きていても実現できるはずないじゃろ」

「酷いこと言うな！　僕は葉山さんに屋上に呼び出されたんだぞ！　告白フラグだ！　その辺のボンクラなんぞとは違うんだよ！」

「はぁぁぁ……」

　腹立たしいくらいに深い溜め息を吐く瓜子。その表情は完全に僕を馬鹿にしていた。

「いいか、小僧」

「雨月夏彦だよ」

「やかましい。そんなみみっちい名前など、どーでもいいわい」

「お前、僕のこと嫌いだろ！　そうなんだろ！」

「人としては駄目だと思っているが、玩具としては面白いと思っておるぞ」

　そんな好かれ方など、ちっとも嬉しくない。

　しかし、忌々しい話だが、この時点で僕は瓜子の玩具として公式認定された。

「とにかく、小僧。ヌシのような何の取り柄もない凡庸が告白される器のはずがないじゃろう？　勉強も駄目、運動も駄目、顔も駄目。おまけにバナナの皮で死ぬような馬鹿じゃぞ。誰がヌシのような駄目男を好きになるというのじゃ？　ヌシが女だったとして、自分のような無様滑稽を体現したようなボンクラを好きになると思うか？　悪戯目的以外に何があるというのじゃ」

「ふぐぉぉぉ……。い、痛い……。言葉のナイフが……」

反論ができないところが、特に。

確かに、葉山さんはトラブルメーカーとしても有名なので、悪戯の可能性も否定できなかった。

「っていうか、何で僕の成績とか知ってるんだよ！」

「はァ？　ヌシはどう見ても三流じゃろう。聞かずともわかるわい」

ずばり言い当てられているので、悔しくて仕方なかった。あと、さも当たり前に言ってくる瓜子がムカつく。

「畜生！　この世に希望がないなら、このまま成仏してやる！」

「地獄逝きが決定しているのにか？」

「顔が赤い兄ちゃんとか青いオッサンがいるからといって、地獄とは限らない！」

「……ヌシは本当に自分に都合のいい解釈しかしない奴じゃな」

「本気で憐れんだ目で見るな！　傷付くんだぞ、そういうの！」

思春期の男子は女子以上に傷付きやすい生き物なのだ。

あれは地獄じゃない。絶対に地獄じゃない。というか、そう思わないと怖くて眠れない。

「あっ、それとな、葉山瑠奈なら彼氏おったぞ」

「ぎゃあああああああッ!!　人の未練が絶対に叶わないと決定付けるようなこと言わないで！　成仏しちゃう！　強面で縞々パンツの半裸集団に襲われる！」

「あと、本人から直接聞いたのじゃが、お前の告白は悪戯目的だったそうじゃぞ。『あんな馬鹿な死に方とはいえ、自分にも責任があるようで寝覚め悪いわ。あははは♪』と爆笑しながら語ってたぞ」

「爆笑しながら言うことか！　って、うわ～、聞きたくないことだから無視しようと思ったのに、突っ込んじゃったよ！　畜生！　予想してたけど、そんな現実聞きたくなかった……」

うわ～ん、あの悪戯っ子、酷いよ！　っていうか、爆笑しながら言ったってことは全然責任感じてないみたいだし！

凹む事実を知らされた僕は、幽霊らしい暗い雰囲気を纏ってしゃがみ込んだ。階段なのにわざわざ体育座りで。座りにくくても、落ち込んでいる時はこの座り方がしっくりくる。

「未練など叶わぬから未練なのじゃ。諦めてうらめし屋に来るがいい」

「お前なんかの下で働けるか！　僕はここで一縷の望みに賭けて、もうちょっと地縛霊をやるんだい！」

「いいから来るんじゃ！」

瓜子は僕の襟首を掴むと、そのまま思い切り引っ張った。葉山さんに彼氏がいるという絶望的な事実を知らされた僕は抵抗もせず、為すがまま引きずられていた。

しかし、屋上の階段から離れた途端、電撃のような痛みが走った。

「痛ェエエエエッ!!」

後で聞いた話だが、地縛霊が未練のある場所から移動しようとすると、魂の軋轢によって凄まじい痛みが生じるそうだ。

「むっ？　まだ意外に未練が大きいのぅ。よっこいっせ！」

それにもかかわらず、このクソアマは僕の痛みなど全く意に介さず引きずり続けた。

弱者に対する非道な仕打ちはあんまりだ。

「ふぎゃぁ¥えあ1*うぇあげ%ひゃあわ7あwぃj#&げあえ具ァえぶ?:えHう1ぎゃUェうAえくがうぇへあ*13ぺあわえgぱgへ1#@えじょもォォッ!!」

僕はこの日、幽霊になって初めて気を失った。

そして、三途の川を舞台に、文字通りのリアル鬼ごっこを繰り広げることになった。起きるのが一瞬でも遅ければ、あの赤色と青色のマッチョに捕まって強制労働させられただろう。まぁ、起きても強制労働をさせられる羽目になるのだが。

僕の人生、どこで踏み間違えたのだろう。

……多分、アレだ。バナナの皮。

※

「んっ……？　ぉおぅッ!!」

「おぉ～、目が覚めたか、小僧！　よく無事に戻ってきたな。がははははは」

目を覚ますと、そこには異常に顔の赤い髭面（ひげづら）坊主がいた。

先程まで夢の中で（あくまであれは夢）、赤い顔した強面に追われていたので結構ビックリした。それと、目を覚ました途端にむさ苦しいオッサンのアップで気分が悪かった。

何故だ。おかしいぞ。こういう時は見目麗（うるわ）しい美少女（もちろん瓜子は含まれません）が優しい笑顔で迎えてくれるのが基本ではないのか。それなのに、酒臭い息をしたヒゲオヤジだなんて、全く主人公の役割というものをわかってない。

作者注　夏彦は主人公ではありません。

ちょ、待ッ⁉　今、凄く不穏当な注釈入らなかったッ⁉　えっ⁉　っていうか、僕って主人公じゃなかったの⁉

作者注　ちっ、身のほどをわきまえない奴だな……。

今、舌打ちした⁉　身のほどとか、結構酷いこと言われた気がするんだけど⁉

「おっ、成仏せずに残ったか、小僧」

少し離れたところから、微妙に聞き覚えのある声がした。

振り向いてみると、着流し姿でプリン頭の美少女がニヤニヤとしていた。非常に不愉快な顔だ。記憶がぼやけて一瞬誰だかわからなかったが、すぐに思い出した。

「あぁ～ッ⁉　って、お前はさっきのクソアマじゃねぇか！」

「無礼千万‼」

「ふぎゃあああああッ‼」

塩！　また、塩ぶつけてきやがったよ、この女！

寝起き（？）にいきなり清めの塩は刺激が強過ぎる。畜生、おかげですっかり目が覚めて、意識はバッチリになった。

そもそも無礼千万なのは瓜子の方だと思うのだが、僕は間違っているだろうか？

「ワシは柿崎瓜子じゃ。思い出したか、小僧」

「てめぇ……、言うべきことはそれだけか？」

謝罪はともかく（どうせしないってのはわかっている）、僕の名前くらい言ってくれてもいいと思う。

「……ふむ。この際はっきり言っておくが、主人公はヌシじゃなく、ワシじゃぞ」

「ちょ、待ッ!?　身のほどをわきまえろよ、お前!!　って、どうしてさっきみたいに作者注が出てこないんだよ!?　えっ!?　マジでコイツが主人公なの!?　納得いかねぇぞ!!」

作者注　可愛いは正義、不細工はゴーホーム。

「うがあああッ!!　ムカつく!!　この破天荒なクソアマが主人公って器かよ!?　っていうか、もう注釈じゃなくなってんぞ、この野郎!?」

「お前達は一体何の話をしとるんだ？」

異常に顔の赤い坊主が呆れたように話に口を挟んできた。

「理不尽な人事問題についてだよ！」

「あぁ～、まぁ、瓜子に出会ったのが不運だと思って諦めな」

いや、まぁ、そっちの話じゃなかったんだけど、それもそれで不幸な話だ。こんな年寄り臭い話し方をする、理不尽極まりないクソアマに出会ったことは人生最大の不運だ。

……まぁ、僕の人生、もう終わってるけど。終わってても、とにかく不幸だ。

「失敬なことをほざくな、赤坊主」

「がははははは、悪い悪い」

赤坊主と呼ばれたオッサンは自分の髭を撫でながら豪快に笑った。

それにしても、赤坊主って……。確かに顔が異常に赤い。天国にいた虎パン集団と同じくらいに赤い。しかし、だからと言って、あまりにまんまな名前だ。このオッサンも瓜子の被害者だろうか？


瓜子と赤坊主が何やら話し始めたので、僕の精神はようやく人心地付いた。そして、改めて周囲の状況を見つめ直した。

窓の向こうはすでに暗くなっていて、悪い子とオタク以外は寝静まるような真夜中になっていた。瓜子と会ったのが夕方だから、結構時間が経っているようだった。

場所は……どこかの廃墟の中だろうか？　煤で汚れた白塗りの壁、ガラスが割れたままの窓、ゴミとホコリが散乱している汚い床。注射器のような医療器具が転がっているのを見ると、廃病院ではないかと推察できた。

そういえば、近所の心霊スポットで、丘の上の廃病院ってのがあった気がする。もしかして、そこか？　確か、学校からそこそこに近い距離だったはずだ。

「おう、社長～、ちょいといいッスか？」

「うわっ、何だ、お前⁉」

思わず驚愕の声を上げたのは、僕だ。

開けっ放しのドアから、いきなり青顔の一つ目坊主が現れたのだ。マジで顔の真ん中に目玉一つしかないんだぞ。驚かずにはいられないだろう。

あっ、もしかしてこれが妖怪か？　瓜子が天邪鬼って話は聞いていたが、正直信じていなかった。瓜子の見た目は人間と変わらなかったし、赤坊主も顔色以外はただのオッサンっぽい感じだった。

だから、もしかしたら、騙されているのかという疑念はあった。しかし、目の前にいる一つ目坊主は、明らかに人間ではなかった。妖怪は本当にいるのだ、とようやく実感が湧いた。

「何じゃ、どうした、青坊主？」

「おっ、新入りの目が覚めたんスか？」

青坊主と呼ばれた一つ目妖怪は、僕を見ながら言った。

うわ～、睨まれている訳じゃなさそうだけど、あいつに見られていると不気味だ。

「んなことより、用件を言わんか」

「あ～、へいへい。準備が全部終わったんで、報告に来やしたッス」

「んっ、ご苦労じゃ。では、ヌシらも配置につけ。管理者殿と今日の獲物はワシが連れてくる」

「がははは、久しぶりの仕事だ。そっちもしくじるなよ」

「じゃあ、先に行ってくるッス、社長」

妖怪坊主二人は僕に手を振りながら、陽気に出ていった。

……僕も手を振り返した方がよかったのかな？　見た目はアレだが、どこぞの誰かよりよっぽどいい人（妖怪？）そうだ。

「小僧、調子はどうじゃ？」

「塩ぶつけられたところがヒリヒリする」

「なら、平気じゃな」

この女は人に塩をぶつけても罪悪感など湧かないらしい。いや、わかってたけどね。

「ふむ。消滅するかもしれんと思ったが、意外に丈夫そうじゃな？」

「ちょ、待ッ⁉　お前、今、かなり危険なこと言わなかったか⁉」

「うむ、言ったぞ。地縛霊ってのは土地と結びついておってな、土地の霊脈から霊力をもらって存在を維持し続けられるんじゃよ。それを無理矢理引っぺがしたんだから、下手をすると消滅する可能性もあったんじゃ。……じゃが、今のヌシはもう消滅する心配はないじゃろう。ワシを始めとしたうらめし屋の面々からの霊力提供が安定し、ヌシの存在はこの世に定着したようじゃ」

「えっと、言ってる意味がよくわかんないんだけど……。お前、凄ぇ危ねぇことしやがったんだな！」

　道理で屋上階段から引っぺがされる時に気を失った訳だ。というか、消滅の危険って、おっかないことこの上ないな。まだ天国には逝きたくない。

「文句を言うな。おかげで自由の身になれたじゃろう？　まぁ、ワシらと一緒におらんと消えちまうがな。という訳で、消滅したくなかったらウチで働き続けるんじゃな」

「最低な雇用方法だな！」

　弁護士を呼べ、弁護士を！　ここに詐欺師がいますよ！

　まぁ、呼べたとしても、僕、相手に見えませんけどね！　泣き寝入りか、畜生！

「褒めるな、照れるじゃろ」

「褒めてねぇよ！　訴えれば、勝てるレベルだよ！」

「はっはっはっ。訴えられなければいいことじゃよ！　弱者に権利などありはしないのじゃからな！」

「酷ぇ、あんまりだ！」

「とにかくヌシはウチの社員じゃ！　きびきび働け！」

「はぁ……」

　この女相手に何を言っても無駄だとわかっていたので、僕は諦めの溜め息を吐いた。

元々、地縛霊なんて不自由なモノをやっていたから、ある程度自由に動けることは嬉しくない訳ではなかった。しかし、瓜子の下で働くというのは不愉快極まりない。嫌になるくらい不安だった。

　まあ、葉山さんに彼氏がいるって知っちゃった以上、地縛霊をやっていく自信もなかったし、こう、未練がね、揺らいだというか……、はぁ〜あ……って感じで。

「ほれ、行くぞ。夏彦」

「へいへい、瓜子社長」

　そういえば、これが初めて互いに名前を呼んだ、後世（？）には思い出となる瞬間だったように思えるが、相手が瓜子なんで、マジどうでもいいことだった。

※

移動しながら瓜子から話を聞いたのだが、やはりここは丘の上の廃病院だそうだ。

正確には、十年前に潰れた出槽(でそう)病院跡。随分昔に建てられて年季の入った病院だったんだが、院長が亡くなっていきなり潰れてしまったらしい。突然の閉鎖だったので、いろいろと不穏な噂が立ち、今ではすっかり我が町の心霊スポットになっていた。

まぁ、実際は院長が亡くなった後に遺産問題でゴタゴタし、ロクデナシの三男坊が資産を盗んで逃げてしまって病院経営ができなくなったというのが真相だそうだ。つまり、何の霊的いわくもない、ただ資金不足で潰れただけの病院跡ということだ。

病院の規模としては三階建てと大した高さではないが、丘の上という不便な場所を使っている分、広さは無駄にあった。

潰れたのが十年前なので、廃墟と言ってても内装がホコリっぽいだけでまだ充分綺麗だった。ガラスが割れて散乱している場所もあるので、多少危ないところもあったが、割と安全に肝試しができそうな場所だ。しかし、実は廃墟って不動産屋が管理しているから、勝手に入ってはいけないのだ。よい子のみんなは面白がって肝試しなどしないように。

余談だが、うらめし屋が滞在するような場所は大体、こういう廃墟っぽい場所か、霊域管理者の住居が多いそうだ。

「で、お前は僕に何をさせようって言うんだ？」

「今日はワシに付いてこい。ヌシは馬鹿じゃから口で説明するより見て覚えるんじゃ」

「待てコラ！　馬鹿と断定形で言うな！」

「今更ヌシに疑問形を使う必要などないじゃろ」

「あるよ！　日々成長していくのが人間なんだよ！」

「ヌシはもう死んでるじゃろ？　馬鹿のまま一生を終え、これから成仏するまで永久に馬鹿のままに決まっておろう」

「そんな、嘘だァァァッ！」

この世の世知辛さに絶望した。まぁ、唯一の希望はさっき瓜子に壊されたけど。

「いいから黙って付いてこい。可愛い女子に会わせてやるぞ」

「マジで⁉　行く行く！」

可愛いは正義。全てにおいて優先される。

いや待て、いくら可愛くても瓜子は除くぞ。っていうか、会わせてくれる可愛い子って瓜子みたいな奴じゃないだろうな。まさかのダブル瓜子？　駄目だ、そんなの！

多分、僕、強制成仏させられちゃう！

「よし、じゃあ行くぞ」

瓜子は後ろを振り返ることなく、廃病院の廊下をスタスタと歩いていく。

この女に付いていくことは非常に不安でならないのだが、他にやることもないので仕方なく従うことにした。可愛い子とも会いたいし（本音）。

僕達は病院の廊下を歩き続け（正確には、僕は浮いて、瓜子は歩いて）、そのまま廃病院を出ていった。

外に出てどうするのかと思っていたが、向かったのは駐車場だった。そして、心霊スポットと噂される廃病院には似つかわしくないものを発見した。

無駄に広くてガランとした駐車場に一台、奇妙な車があった。いや、奇妙というよりも、アレだな……。

「……何、あの痛車？」

デカデカと萌えキャラがペイントされた車を指差して、瓜子に尋ねた。

この廃病院にいるのは瓜子を含めたうらめし屋関係者だけなので、彼女が知っている可能性は高い。というか、瓜子に連れられた先が駐車場なのだから、彼女の、もしくはうらめし屋の車なのかもしれない。

酷いセンスだ。それにしても、あのキャラは何だろう？　別に漫画とかアニメに詳しい訳じゃないから断言はできないけど、あんなキャラはいなかったと思う。

頭に猫耳……いや、角が生えているということは、鬼娘だろうか？　あのキャラに近いモノというと、『うる☆やつら』のヒロイン様？

「朧車って知っておるか？」

「あぁ、牛車の妖怪だろ？　確か、牛車からでかい鬼の顔が出てる奴」

「そうじゃ、成績は悪いくせに無駄なことをよく知っておるの」

「やかましいよ。それで、朧車がどうしたって？」

何となく嫌な予感はしたが、僕は話の先を促した。

「うむ。妖怪も時代の流れと共にいろいろと変化していくものでな。特に付喪神なんてのは時代の影響をモロに受けるんじゃ」

やっぱり、この流れか……。まぁ、いきなり朧車がどうとか言った時点でわかっていたけど。

「……それで？」

「まだわからんか？　ヌシは馬鹿じゃな」

「とっくに予想はついてるけど、認めたくないだけだよ！」

「そうか。なら、現実を知らしめてやろう」

萌え系の鬼娘がペイントされた痛車を指差し、瓜子は堂々と宣言した。

「あれは現代風、朧車じゃ！」

「時代の流れって残酷だぁ!!」

朧車の変化に思わず涙を流さずにはいられなかった。

諸行無常、人も妖怪も時という大きな流れの前では変わらずにはいられない。

それにしても、酷い。あんまりだ。確かに、鬼（ラ○ちゃん似）の顔がある車だけど、こんな痛車仕様な妖怪なんて誰が怖がるだろうか。みんなが指をさして笑うぞ。

「それより、さっさと乗らんか」

瓜子は何の躊躇(ためら)いもなく痛車仕様の朧車に乗り込んで手招きをした。

「この痛車もとい朧車に？」

「そうじゃ」

マジで？　勘弁してほしいんだけど。多分僕に拒否権なんてないよね？

一生を、痛車なんぞとは無縁で終えたというのに、まさか死んだ後にこんなふざけたものに乗る羽目になるとは……。

「はっ!?　っていうか、会わせてくれる可愛い子って、まさかコイツのことか!?」

「はっはっはっ！　可愛いじゃろ？」

「この天邪鬼め！」

瓜子を素直に信じてはいなかったけど、やっぱりガッカリだよ。

僕はやるせない怒りを感じながら、朧車に乗り込んだ。

幽霊の僕でも触れるのかと疑問に思ったが、妖怪相手に杞憂だったようだ。ドアは勝手に開いたし、しっかりと触ることもできた。

どうやら朧車は喋ることはできないようだが、妖怪なので自分の意思で動くことができるらしい。瓜子は運転席に座っているが、アクセルペダルにもハンドルにも触れていなかった。朧車は勝手に出発して、どこかに向かい出した。

それにしても、朧車さん、どこぞの走り屋みたいなドリフト走行で峠道を下っていくのはやめてください。怖いというか、こんな痛々しい車がドリフトしているところなんて想像したくないんです。ホント、怖いとか、そういうことじゃなくて……。

……って、スピード落とせ！　もう住宅街だぞ！

あぁ～、隣で僕を指差して爆笑している瓜子がムカつく。ちょっと慌てふためいているだけだというのに、笑うことはないだろう。

痛車が、赤信号を無視して、交差点にドリフトで突っ込んでいくんだぞ!!

やばい！　これはやばい！　あぁ、ちっとも騒動が起きてないと思ったら、朧車が妖怪だからか。人には見えないって奴か。畜生、便利だな。どうせなら、フロントガラスに映るアクション映画顔負けの光景も見せないようにしてもらいたかった。

ぎゃあああああッ!?　今、人を轢いたぞ、この痛車!?　……あれっ？　通り抜け

たのか？　畜生、びっくりしたじゃないか、この妖怪野郎⁉

っていうか、何かにぶつかっても平気なら、合間を縫っていくような危険走行をするなよ！　片輪走行した時には、マジで心臓が止まるかと思ったぞ！　まぁ、とっくに止まってますけどね！

「やぁ〜、今日も爽快な走りをしてくれたのぅ、朧車」

ようやく朧車が停車し、瓜子は偉そうに朧車のハンドルを撫でていた。

その途中、「少し寄るところがある」という瓜子に連れられて立ち寄ったのが、例の脳漿ぶちまけたナイスガイ君のところだった、というわけだ。

さて、死ぬような想いをして辿り着いたのは、僕の家の近所だった。住み慣れた町なので見間違えるはずがなかった。ここから数区画向こうには僕の家があるはずだ。……今はどうなってるんだろうな。息子が死んだ悲しみで、引っ越したという可能性も否めなかった。

「それにしても、夏彦の怯えようは愉快じゃったな。出発して三十秒で泣き出した奴はヌシが初めてじゃったぞ。あそこまで不細工に泣き喚(わめ)けるのは才能じゃな」

「やかましいよ！」

まぁ、いいさ。確かに途中から恐怖を隠しきれなくなってたし。でも、実際にあの危険走行をする車に乗れば、誰だって泣くぞ。

「で、何しに来たんだ、こんなところに？」

僕は世にも恐ろしい痛車から降りて、母なる大地を踏みしめた（つもりになった。だって、足がないんだもん）。

「ふむ。この表札の苗字に見覚えはないか？」

「……神崎（かんざき）？」

聞き覚えのある名前だった。いや、聞き覚えというより、耳慣れたといった方がいいだろうか。よく知っている人物と同じ苗字だった。

あぁ、そういえば、僕ってあいつの家、知らないんだけど、まさか……。

ピンポーン。

って、このアマ、勝手にチャイム鳴らしやがった。いや、別にこの家のチャイムを鳴らすのに僕の許可なんて必要ないけど。仮にあったとしても、僕の許可なんて無視するだろうし。

『……はいはい、どちら様でしょうか？』

インターホンからしわがれた声が聞こえてきた。大分年食った爺さんみたいな声だ。

……まぁ、まさかあいつの家なんてことないだろう。神崎なんて、世の中、たくさんある苗字の一つだし。多分、違う。ここにいるのは孤独死寸前の爺さんに決まっている。

「うらめし屋の瓜子じゃ。管理者殿、準備ができたのでご連絡に参ったぞ」

『はい？』

「……うらめし屋の瓜子じゃ！　管理者殿、準備ができたのでご連絡に来た！」

『はい？』

「うらめし屋の瓜子じゃ!!　準備ができたんじゃ!!」

『はい？』

「う！　ら！　め！　し！　屋！　の！　う！　り！　こ！　じゃ！」

『はい？』

「うがあああああッ!!」

爺さんの耳があまりに遠いので、瓜子の怒りが爆発した。

実に愉快な光景だ。この天邪鬼がコケにされているみたいで面白いこと、この上ない。この爺さん、やってくれるな。

「爆笑禁止!!」

「うぎゃああああああああああッ!!」

塩パンチ、痛い。

八つ当たり、よくない。

『おぉ、社長さんか。よく来たのぅ。茶でも飲むか?』

「いや、だから、これから仕事が……」

『はい?』

「いいからさっさと扉を開けんか、クソジジイィィィッ!!」

ついにブチ切れた瓜子が怒号を上げた。

深夜の住宅街でそんな大声を出したら、近所迷惑になること間違いなし。今の大音量なら、僕の家の辺りまで届いたのではないだろうか。

瓜子の雄叫びから数秒後、瓜子の願いが叶ったかのように神崎宅の扉が開いた。まぁ実際、あれだけ大声で怒鳴れば、爺さんだけではなく家の人にも声が聞こえていただろう。

そして、僕は玄関から出てきた人物を見て思わず、「げっ……」と呻いてしまった。

「……うるさいです、社長さん」

扉を開けた人物は、インターホンに出てきた老人ではなかった。怜悧(れいり)な美貌を持った少女だった。彼女は絶対零度の瞳で瓜子を睨むと、先程の大声を迷惑そうに咎めた。

神崎という表札を見た時点から嫌な予感はしていたが、やはりここは神崎美冬(みふゆ)の家だった。

この絶対零度のクールビューティ様は、神崎美冬。表情筋の機能を失っているように無表情だが、文句のつけようのない美少女だ。しかし、恐ろしく眼光が鋭くて睨みだけで人を凍らせられるほどだ。特に頭の悪い奴が大嫌いなようだが、だからか、いや、例外的に僕のことも嫌いらしい。

見た目も性格も完璧なクールビューティなのだが、実は可愛いものが好きだったりする。今時、小学生だって付けていないような猫のヘアピンを当たり前のように付けている。正直、そのセンスはどうかと思う。

それと、この時点の僕では知らないことだったのだが（誰も説明してくれなかったから）、神崎はこの土地の霊域管理者の孫だそうだ。さっきのふざけた爺さんが本当の管理者。

で、霊域管理者って何よって思った人は、僕がうらめし屋の説明した辺りを読み返すといい。あっ、いや、あっちの方でもチョロっと単語が出ただけか？　……要は、その土地の霊的事象を管理する連中だ。詳しくは僕も知らない。そういうもんだと理解して。

「おぉ、すまぬな、美冬殿。ついカッとなってしまったわい」

瓜子は全く悪びれた様子もなく、ヘラヘラと笑いながら謝罪した。

僕が同じ謝り方をしたら問答無用で延髄を蹴られるが、瓜子相手に怒った様子は見せなかった。そう言えば、美冬は同性には優しいので、レズ疑惑があった。というか、僕がその噂を広めて、それがバレて殺され掛けたことがあった。

「いえ、気持ちはわかります。あのクソジジイは別に耳が遠くないくせに、ああやって人をからかいますから」

「なんじゃと、あのクソジジイ！」

天邪鬼をからかうなんて結構なやり手だな。ぜひとも、その技術を教わりたい。

「……殺しますか？」

「うむ。やってしまえ」

「それでは、失礼して……」

神崎は軽く一礼をして、家の中に戻っていった。

……あぁ、老い先短い老人にトドメを刺しに行くのか。本当に男に容赦ないな。いや、あんな爺さんを家族に持ったから男に厳しくなったのかもしれない。まぁ、僕が痛い目を見る訳じゃないから、どうでもいいことだけどね。お年寄りを大事にしろって？　幽霊の僕に何を期待しているんだよ。大体、生きていたところで神崎を止められるはずがないし。

「ぎゃあああああああああッ‼」

老人の断末魔の悲鳴が深夜の住宅街に響き渡った。

そういえば、家にいた時にこんな悲鳴を何度か聞いた覚えがあった。あれは神崎の爺さんの悲鳴だったんだな。ウチの近所では悲鳴が上がることなんて日常茶飯事だったから（主に僕とか一緒に騒いでいた友達とか）、全然気にしたことはなかった。

「……始末しました」

神崎さんちの美冬ちゃんは、頬に付いた返り血を拭いながら玄関先まで戻ってきた。残虐非道なのは身内に対しても変わりないようだ。少しは優しさとか淑やかさとかを学んだらどうなんだろうと思う。

「ご苦労じゃったな。それで、仕事の話なんじゃが……」

「それは私が引き継ぎます。というか、実は元々そういう予定だったので」

「なら何故、管理者殿が出てきたのじゃ？　ワシが来ると知ってて、待っておったんじゃないのか？」

瓜子はインターホンを指差しながら尋ねた。

すでに日付が変わろうとしている真夜中だ。年寄りが起きているのは辛い時間帯だろう。

「深夜アニメを見るのが、お祖父様の日課なんですよ」

「元気な爺さんじゃのぅ……。じゃが、それでは管理者殿が出てきた理由の説明にはならぬのではないか？　そもそも美冬殿が最初に出ておれば……」

「それより、社長。それは何です？」

「へっ？」

神崎は僕を指差しながら、瓜子に詰問をした。

お前、僕のことが見えるのか？　っていうか、今、話を誤魔化さなかったか？

「おぉ、これか？」

「えぇ、それです」

二人揃って僕を物扱いするのはやめてほしい。

「除霊を依頼したはずですが」

「存外愉快な奴じゃったからウチで採用したんじゃ。まずかったかのぅ」

「いえ、そういうことなら構いません。ですが、できれば私の視界に入れないでほしかったです。その馬鹿を見ると思わず成仏などさせず、魂ごと滅してやりたくなるので」

「神崎、物騒な冗談はやめてくれ！」

「冗談？　私、嘘は吐けないんですよ」

えぇ、わかります。だって、目がマジですからね。以前、貴女はその目で僕を校舎四階から放り投げましたよね。

「……っていうか、神崎、僕のことが見えるんだ」

「えぇ、非常に不本意ですが。八つ裂きにしたいです」

　神崎は何か物騒なことを言っているが、その部分は聞き流してほしい。僕と会話をする時はよくあることなので、いちいち突っ込みを入れていると話が先に進まないのだ。

「何、お前も妖怪なの？」

「滅せよ!!」

「おわあああッ!!　危ねぇ!!　マジ洒落にならねぇ何かを感じたぞ!!」

　カードみたいなものが飛んできたから咄嗟に避けたが、あれを喰らっていたら僕は多分消滅していた。理屈は説明できないが、それほど危険な何かを感じた。

「ちっ、外しました……。次こそは……」

　攻撃（？）を外した神崎はガッカリした様子だった。

　壁に刺さったカードらしきものをよく見ると、カードではなく陰陽師とかが使うような御札だった。御札に何が書いてあるのかはサッパリだが、当たっていたら大変なことになっていたのは間違いないだろう。自分の反射神経を褒めてあげたい。

「私は陰陽師です。妖怪じゃありません」

　眉間にしわを寄せ、不満そうな顔をする神崎。

　どうやら表情筋がないというのは噂に過ぎないことが判明したが、彼女が表情を変えるほどムカついている証拠でもあるので、僕としては恐ろしいことこの上ない。

「わ、わかったから、その物騒なものをしまってくれ……」

「嫌です。次こそは確実に……」

「怖いよ！　マジで！」

瓜子の塩はまだギャグ風味だったのだが、神崎の御札はしっかり殺意の込められたシリアス風味の凶器だ。当たったら、マジで消滅する。

「美冬殿、こやつはワシの玩具じゃ。痛めつける分には構わんが、消滅させるのはちと困るのぅ。ほれ、生かさず殺さずと言うじゃろう？」

「お前はお前で怖いこと言うな！」

「隙ありです!!」

「ふぐおおおッ!!　や、やばかった、今のは……って服の一部が！」

燃えてる。マジで燃えてる。

僕はその場に転がり火を揉み消そうとしたが、僕自身に実体がないので意味のない行為だった。しかし、混乱していた僕はとにかく必死でのた打ち回っていた。

もちろん僕の悶絶など意に介していない瓜子と神崎は、勝手に話を続けていた。

「さて、社長。行きましょうか」

「そうじゃな。それで、美冬殿はどうするんじゃ？　ワシらと一緒に参加するか？　それとも、裏方を見てみるか？」

「いえ、せっかくなので、ご一緒させてもらいます」

「よし！　では、行くか！」

で、この辺りで僕の服を燃やしていた炎が消えた。

火を消すのに必死だった僕は当然、先程の二人の話は聞いていなかった。

「ほれ、行くぞ！　付いてこい！」

「うげぇ!?　え、襟を掴むな、苦しい……。っていうか、今度はどこに行くんだ？」

僕は瓜子の手を振り払い、体勢と服装を直した。燃えてしまった部分がとても侘しい感じになっていて少し凹む。

「無論、廃病院に戻るんじゃよ」

「はァ!?　またあの痛車ドライブか!?」

「いや、今度は歩きじゃ。さすがにクラスメイトに朧車は見せられんわ」

それは妖怪だから？　それとも、痛車だから？

「……まぁ、どうでもいいけど。ところでさっきの爺さんは……って、うおぉっと!?」

「…………」

神崎の目が「黙ってろボケ！」と言っていた。これは最終警告をする時の目だ。これに逆らうと本気でヤバい。以前、あの目の神崎に逆らって病院行きにさせられたことがある。

僕もまだ消滅したくなかったので、大人しくしていることにした。まぁ、直接的な被害者は僕じゃなかったし、どうでもいいことだから。

「どうした、夏彦？　さっさと行くぞ」

瓜子は話をはぐらかされたことに全く気付いていない。結構アホだな。

「へいへい。こんなに急いで戻って何するんだ？」

「仕事の準備じゃよ。言っておくが、本気で忙しいんじゃぞ。現地での人員調達、施設側の安全確認、今回のプランの打ち合わせ……。あぁ、そうだ、美冬殿。管理者殿の代わりに幾つか書類のチェックをお願いしたいのじゃが、構わぬか？」

「ええ、構いませんよ。それでは急ぎましょうか、社長」

「うむ」

瓜子と神崎は早足気味な歩調で廃病院に向かった。僕もその後ろをフワフワ浮きながら付いていった。

※

この時の僕はまだ何も知らなかった。これから始まるうらめし屋のエンターテインメントの凄さを。本物の妖怪達が大人気もなく本気で人間を怖がらせようとする迫力がどれほどのものになるか、全く想像ができていなかった。

うらめし屋の面々はどいつもこいつも悪ふざけが大好きな馬鹿野郎ばかり。そんな連中が自重をゴミ箱に捨てて襲ってくるのだから、それは怖いに決まっている。

いやぁ～、襲われる側じゃなくて本気でよかった。

今回の犠牲者達には同情……は全くこれっぽっちもしないけど、半分くらいは向こうにも責任があると思うんだよね。ノコノコと釣られてくる方が悪いというか、騙される馬鹿が悪い。


さぁ、そろそろ幕が開く時間だな。恐怖と笑いが織り成す至高のエンターテインメント、うらめし屋ショーの開幕だ!!

第二章

肝試しであまり頑張り過ぎたらいけません、そういう人は格好の獲物です。

さて、景気よく開幕だ~と言った手前だが、今回の仕事の説明をしていなかったので補足しよう。いや、時系列的な流れで言うと、僕も詳細を聞いたのは後のことになるんだけど、そこはそれ。ほら、語り部として説明義務があるからさ。

今回の仕事は、この町で『娯楽』の初回公演となる。

公演を開くまでには、それなりに長い準備期間が必要となる。短くても数週間、長いと数ヶ月程度となる。

準備期間が長くなる理由は、うらめし屋の本来の仕事、幽霊や妖怪などの存在が一般人に知られないよう、『隠蔽』や『誘導』を先に終わらせる必要があるからだ。こちらの仕事は、その土地ごとに問題や、幽霊や妖怪側の数や事情などが影響する。

僕の町はどうやら悪い気が溜まりやすい土地らしく、それなりに難儀な案件だそうだ。悪い気が溜まると何が起きるのかというと、幽霊や妖怪が発生しやすくなる。僕が地縛霊になったのはこの辺りの影響だろうか。知らんけど。

まぁ、そういう土地なので、定期的に町に溜まる悪い気を散らして、発生した幽霊やら妖怪なども対処しないといけない。

うらめし屋がこの町に来たのは、その定期的なタイミングだったからだ。

ちなみに、悪い気を散らすのは、霊域管理者である神崎一家の仕事らしい。一昔前は幽霊を成仏させたり、妖怪を退治したりすることも神崎一家の仕事だったようだが、現在はうらめし屋に委託されている。アウトソーシングという奴だな。

そういう事情もあるので、今回の仕事は長期案件。うらめし屋は数ヶ月前から僕の町に拠点を置いて活動をしていた。

瓜子が僕の高校に入っていたのも酔狂ではなく、僕の知らないうちに発生していた学校の怪談と悪戦苦闘をしていたようだ。それ、ちょっと見たかったんだが、話を聞くと結構ガチで危険な奴だったそうなので、遭遇しなくてよかったと思う。

まぁ、高校生活を楽しんでいたというのも嘘ではなく、町の見回りと称してクラスメイトとあちこち遊び歩いていたらしい。

ちなみに、神崎情報だと、転校してきた当初はヤバい頭（色も中身も）の奴が来やがった、とクラス中は騒然となっていたようだ。まぁ、当然の反応だな。しかしながら、なんだかんだ瓜子はコミュ強者なので、今ではクラスの人気者らしい。

瓜子の話ばかりしてしまったが、瓜子以外のうらめし屋の面々もいろいろと仕事をしていた。彼らの活躍によって、町中にいた幽霊や妖怪は今回の公演のバイトとして雇われたか、別の場所へ移動してくれた。

安全確保はバッチリ。嘘の噂も充分に広まったので、あとは一発かましてやるだけとなった。

※

本公演の獲物となるのは、かつて学び舎を共にした僕の学友達だ。

主催者は瓜子。初回公演なので、監査役として神崎も付いている。

事の発端は数時間前に遡る。廃病院に幽霊が出るという噂は、僕の高校でもよく話題になるくらいに広まっていた。幽霊を信じる奴なんて一握りだろうが、ここまで噂になれば肝試しの一つでもしたいと騒ぐ馬鹿が現れるものだ。

その馬鹿役は当然、クラスで人気者の地位を得ていた瓜子である。

瓜子の役目は案内役が多い。見た目は、結構な美少女なので（認めるのは癪だが）、馬鹿はホイホイと付いてくるのだ。それに、人を騙して思い通りに動かすのは得意だろうからな。

で、瓜子にホイホイと釣られてきた奴らが今、廃病院の前に多数いる。

僕からすれば懐かしい顔ぶれが多くて若干感傷的になるのだが、向こうからすれば幽霊の僕は見えない。こういう時に僕はもう死んだんだな～って思う。ちょっとだけ切ない気分になった。

そうそう、瓜子に釣られた人の中に葉山さんがいた。その隣で馴れ馴れしくしているいけ好かない野郎は彼氏だろうか。呪詛の念を送ってやるが、僕には人を呪い殺せるスキルはないようだった。

瓜子はクラスメイト達の間をあちこち回りながら、廃病院から発せられる合図の確認やらをしていた。あれで一応社長なので、いろいろと神経を使っているそうだ。僕はそんな与太話は信じないけど。

ちなみに僕は今、神崎と一緒に人の輪から少し離れた場所にいた。命の危険もあるのだが、今、僕のことが見えるのは唯一彼女だけだから。

「結構、人集まってるなぁ～。そんなに肝試しが好きなら、屋上の階段に来てくれればよかったのに」

あの事故のせいで屋上が立ち入り禁止になってしまって、ほとんど人が来なくなってしまったのだ。地縛霊だった僕としては暇で仕方なかった。まぁ、人が来ても誰も僕のことは見えなかったけどね。

「誰がバナナの皮に滑って死んだ幽霊なんかを怖がるんですか？」

「酷ッ！　それはにわかには否定しがたいけど、こう何ていうか、無念っぽいだろ？何か出てきそうだろ？」

「出てきても常夏の馬鹿ですよ。怖がるどころか笑えます」

「くっ、うるさいよ！　このツンドラの冷血女！」

常夏とツンドラは、僕達のあだ名だ。由来は名前というより性格から来ている。

「それより、せっかく自由に動けるんですから葉山のところへ行ったらどうです？正直、私の視界にいられると目障り極まりないんですが」

後半部分は無視しよう。でも、攻撃にはしっかり備えておこう。

「だってさ～、葉山さん、彼氏と一緒にいるしさ。僕の呪い……じゃなくて想いは届かないしさ。側にいたって虚しいだけじゃん」

「地縛霊になるくらい好きだったんじゃないんですか？」

「ん～、どうだろう？　憧れてはいたけど、あの時は浮かれてたからなぁ」

ぶっちゃけ、十八歳未満お断りのことがしたかったというのが一番の未練なのだが、それを口にすれば滅されるのは目に見えるので言わない。

「……最低ですね」

神崎は心底軽蔑したような口調で言った。表情は相変わらずの鉄面皮だが。

「可愛い女の子に呼び出しされれば誰だって浮かれるものなんだよ！　お年頃だから！」

「浮かれてバナナの皮に滑って死ぬようじゃ、本末転倒もいいところですよ」

「だからそれを言うな！　っていうか、どんな死に方でも馬鹿にすんな！」

「そうですね。私も貴方が死んだと聞いた時、泣いてしまいました」

「えっ……」

か、神崎が泣いた？　何で？　まるで人の感情が欠落したような奴がどうして僕なんかのために……。

「笑い過ぎで涙が止まりませんでした。バナナの皮で死ぬとか、もう笑うしかないですよね」

「そういうことかよ！　一瞬でも期待させるようなこと言いやがって、男の純情を何だと思っているんだ！」

っていうか、泣くほど笑う神崎というのも見てみたい気がしないでもない。そもそも僕は神崎が笑ったところを見たことないぞ。何気に小学校からの付き合いなのに。

「まぁ、それはそうと、社長……瓜子さんが何かを始めるみたいですね。そろそろ行きましょうか」

「ちっ、仕方ないな……」

「あと、周りに人がいる時には話し掛けないでください」

「へいへい」

さすがにその辺りは弁えている。

僕の姿は普通の人には見えないから、僕達が話していても神崎が独り言を言っているようにしか映らない。すでに永久凍土の化身として恐れられているが、これ以上余計な噂を加えるような真似をしなくてもいいだろう。

せっかく会話ができる唯一の人間だし、怒らせて話をしてくれなくなったら困る。


僕は口を閉じて、神崎と一緒に瓜子を中心とした集団の下へ向かった。一ヶ所に集まると、やはり結構な人数のようで、およそ二十人程度。どいつもこいつも暇人だな。

参加者のほとんどは僕の知った顔だったが、一人だけ僕の知らない外国人の女子がいた。金髪美少女ですよ、金髪美少女ですよ（重要なので二度言います）。

でも、おかしいな。あんな可愛い子がウチの学校にいたなら絶対チェックするんだけど。瓜子みたいに最近転校してきたとかいう奴か。畜生、死ぬんじゃなかった。

「傾聴じゃ、皆の者！」

瓜子はパンパンと手を打ち、全員の注目を集めた。彼女の足元には何故かティッシュの空箱が置かれていた。

「まずは集まってくれたことを感謝する。間もなく、廃病院での肝試し大会を開催する。じゃが、帰るなら今のうちじゃぞ。今宵は物の怪達がざわめくような怪しげな月が出ておる。これから向かう廃病院でヌシらがどんな目に遭おうとワシは一切責任を負えん。いいか、もう一度言うぞ。帰るなら今のうちじゃ」

不気味な廃病院の前に瓜子の声だけが響いた。

誰も声を発する様子もなく、動く様子もなかった。廃病院の噂を面白がって肝試しに来た連中が、この程度のことで帰るはずもないだろう。

そもそも今の瓜子の発言は、雰囲気を出すための挨拶にしか思われていなかった。しかし、実はこれは本当の警告だったのだ。彼らはここで帰らなかったことを後悔するだろう。この時の僕は何が起きるのか知らなかったが、瓜子が絡んでいる時点でろくでもないことだと理解していた。

瓜子は全員の顔を見回して、誰も帰らないことを確認した。そして、悪者のような邪悪な笑みを浮かべた。まぁ、ようなではなく、実際に悪者だけどね。

「……ふむ、誰も帰らぬか。まぁ、よい。じゃが、何かあった後に文句を言ってもワシは知らん。ヌシらの命はヌシら自身で守るがいい。では、ヌシらの度胸を見せてもらうぞ」

ふふんと生意気そうに鼻を鳴らし、瓜子は足元に置かれたティッシュ箱を手に取った。

「では、組み合わせをクジで決めるぞ」

どうやらあのティッシュ箱にはクジが入っていたらしい。

「はいは～い、瓜ちゃん、質問～」

葉山さんがピョンピョンと元気よく飛び跳ねながら挙手をした。

オラ、瓜子！ ボケッとしてんな！ 葉山さんの発言だぞ！ 耳の穴かっぽじって聞きやがれ！

「何じゃ？」

「そのクジで組み合わせを決めないと駄目なの？ 私、ゆうちゃんと一緒がいい！」

彼氏らしきクソ野郎と腕を組みながら、葉山さんは言った。

僕から葉山さんを奪った不届き者の名前は「ゆうちゃん」というのか。お～し、今日から毎日、丑三つ時にゆうちゃんとやらを祟ってやるぞ、この野郎。

「まぁ、せっかくじゃから引くだけ引け。後でクジを交換するなりすればよかろう」

コラ、瓜子。葉山さんの意見は無条件で頷けよ。可愛いは正義なんだろ。

「えぇ～、面倒だよ～」

「通過儀礼だと思って我慢せぬか。せっかくの肝試しなんじゃから」

「わかったよ……」

クソ、瓜子の奴め。葉山さんに面倒を掛けるなんて。呪うぞ、てめぇ。

……はぁ。でも、人を呪う力ないんだよな。幽霊なのにつまんねぇぞ。何か幽霊っぽいことできないものかね？

「では、順番に並んでクジを引くのじゃ。同じ数字同士がペアで、その数字の順番に廃病院に入っていくのじゃ」

「じゃあ、さっそく引かせてもらいます」

神崎が最初にクジを引いた。集団の一番端にいたはずなのに、いつの間に前に出たんだろうか。それより、こういう時、真っ先にクジ引くタイプではなかったのにな。まぁ、裏で瓜子と何かを画策しているのかもしれない。

「何番じゃった？」

「十二番です」

周囲のボンクラ男子どもが、十二番来い、と怨念を発し始めた。

性格はアレだが、神崎はウチの学校でも指折りの美少女だ。確かに一緒の組になりたいと思う気持ちはわからないでもない。しかし、こんなツンドラ女と一緒に肝試しなんてしたら、納涼どころか凍死するぞ。

……あれっ？　十二？　今いるメンバーって二十何人？　ひぃ、ふぅ、みぃ……、……おや、数が……？　まぁ、瓜子の仕込みかな？

「ほれ、次」

「じゃあ、俺が行く！」

ボンクラ一号が豪快にティッシュ箱に手を突っ込み、ガサゴソと無駄にクジの中身を掻き回していた。どうせ手に目が付いている訳ではないのだから、そんなことをしても無駄だろうに。

「十二番十二番十二番十二番十二番……」

そういえば、あいつって神崎美冬様に踏んでもらい隊（非公認ファンクラブ）に入っていたな。そりゃ必死にもなるな。神崎ってMに大人気なんだよな。一応言っておくが、踏んでもらい隊ってのはウチの学校の中でも極めて特殊な連中だ。

「これだァァァッ!!」

まるでアーサー王が岩に刺さった剣を引き抜いたかのような勢いでクジを引くボンクラ一号。

しょせんボンクラが引いたクジなので、ハズレなのはわかりきっている。確認するまでもない。

「じゅ、十一番……」

お、惜しかったな……。意外にやるな、ボンクラのくせに……。

「どけ、次は俺だ！　十二番十二番十二番……」

言うまでもなく、ボンクラ二号もハズレを引いた。しかも、十一番。記念すべき最初のペアは、とても残念なペアだった。

その後、肝試しに参加するメンバーが順番にクジを引いていった。最初のペアのように残念な結果になることもあったが、稀に男女ペアになっていく奴もいた。死ねばいいのに（男子の方のみ）。そして、瓜子に捕まれば尚良し。

「十二番か……」

ゆうちゃんが当たりを引いた。

何なの、このクソ野郎の強運は？　葉山さんという彼女がいるくせに、神崎とのペアを引き当てるとは。どうにかして呪い殺せないかな？

周囲のボンクラ達も同じ気持ちのようで、呪詛の念で人を殺せないか試していた。まぁ、全然通じなかったけどね、畜生。

「瑠奈は何番だった？」

葉山さんを名前で呼び捨てか、この野郎。呪いよ～、呪いよ～、どうにかこいつを殺してください。

「私は八番。もう一つの八番はまだ出てないから、出たら交換してもらおう」

神崎に交換してもらおうなんて無謀な意見は出さない葉山さん。とても賢明な判断だ。あの冷血女の性格をよく理解している。

「うん、そうだね。そうしよっか」

うわぁ～、この爽やかそうな笑顔がムカつくわ。お前、男ならもっと自分の意思ってものを持って、あの永久凍土の国からやって来た女からクジを奪ってこいよ。この甲斐性なしが。マジで死ねばいいのに。

「あっ、八番だ。八番の人、誰～？」

当たりクジを引いたのは、僕が唯一顔を知らない金髪美少女だった。

「こっちこっち、メリーさん」

「は～い」

メリーと呼ばれた少女は葉山さんに呼ばれて、ゆうちゃんとクジを交換した。

あ～ぁ、残念だったな、ボンクラども。可愛い女子同士がペアになるなんて。だが、それでいい。ボンクラはボンクラ同士、灰色の青春でも送っていればいいのだ。

とにかくボンクラ達には残念な結果になってクジ引きは終わった。ちなみに、このクジ引きでの一番の被害者は、この彼だ。

「ぃよっっしゃァァァッ!!　さ、三番！　柿崎と一緒だ!!」

瓜子と一緒のボンクラ三号。こいつは絶対にろくな目に遭わないことが確定している。

　まぁ、瓜子は見た目だけは可愛いからな。浮かれる気持ちはわからない訳ではない。しかし、性格があまりに駄目過ぎる。神崎の性格駄目指数が百だとするなら、瓜子は四十五万くらい。しかも、何か企んでいるのが確定しているから、間違いなく被害者決定だ。

　こうしてボンクラにとってマシなことが何一つないことが確定したクジ引きは終わり、ようやく廃病院に突入する段階になった。

というか、なにゆえ全員ペアができているのかな？　人数ちゃんと数えた？　番号全部聞いた？　君の隣にいるのは、本当に人間かな？

「では、ルールを説明しておくぞ。各自に渡した地図には一階の見取り図しか書かれておらん。二階の地図は、一階の地図に印を付けてあるチェックポイントにしかない。三階の地図は、二階のチェックポイントじゃ。そうして各階のチェックポイントを辿っていき、最終的に屋上からワシらに向けて懐中電灯で合図をすればゴールじゃ。じゃが、ただ屋上に上がって合図をすればいいという訳ではない。それだけなら地図がなくてもできるからのぅ。戻ってきた時、各チェックポイントに置かれた人形を持っていなかった者は失格じゃ。明日以降のあだ名が、常夏以下のヘタレ野郎になるぞ」

　待てコラ、瓜子！　そのあだ名は僕に対する侮辱ではないか！

っていうか、ボンクラ達も笑ってるんじゃねぇよ！　非業な死を遂げた友人を侮辱されているんだから少し怒って見せろよ！

「では、一番のペアは出発じゃ。二番目のペアの出発は十分後じゃ。追い付かれないようにするんじゃよ」

瓜子の指示の下、一番目のペア、もとい一番目の被害者達が出発した。

フワフワと逆さまに浮かんでいた僕は、彼らの無事を適当に祈った。だって、残念なボンクラのコンビだし。まぁ、無事じゃなくても別に構わない。勝手にしてくれ。野郎の背中なんて見ていても仕方がなかったので、僕は瓜子の隣に向かった。そもそも僕は何をすればいいのか、さっぱりわからないのだ。指示だって最初の「付いてこい」以外には何も言われていなかった。

「おい、瓜子。僕は何をすればいいんだ？」

「んっ？　じゃから、ワシと一緒に行動をすればいいんじゃよ。とにかく廃病院に入る時に付いてくればいいから、今は好きにするがいい」

瓜子はほとんど唇を動かさず、小声で告げた。なかなか器用なスキルを持っているな。

「はいはい、了解」

とりあえず二十分ほど暇になった。

だからといって別に嬉しくない。幽霊には暇潰しの手段などないに等しいのだから。だから割とこうして人と話せることは楽しいのだ。まぁ、できれば瓜子や神崎以外の相手がいいんだけど。

瓜子は肝試しを取り仕切るので大変そうだったので、神崎の下まで飛んでいった。

神崎はまた人の輪から離れたところにいたが、隣には例の金髪美少女メリーがいた。

どっちも可愛いので（片方は性格に難あり）、とても絵になる。だが、神崎が一人じゃないと話し掛けられない。

「……大丈夫ですよ、雨月」

「へっ？」

意外にも神崎の方から声を掛けられ、僕は間抜けな声を出してしまった。

「メリーさんは、うらめし屋の関係者ですから」

「えっ？　マジで？　じゃあ、僕のこと……」

「うん、しっかり見えているよ～。初めまして、雨月夏彦君。私はうらめし屋社長秘書のメリー。まぁ、社長にはいろいろ振り回されるだろうけど、これからよろしく～」

「あ、あぁ、よろしく……」

お、おぉ、初めてまともそうな人だ……。

いやいやいや、こいつも瓜子の仲間なのだから油断はできない。一見まともそうに見えても絶対に何か裏がある。

だが、近くで見るとやっぱり可愛いなぁ～。ふんわりした金髪と同じように、性格もふんわりしてそうな感じだ。いきなり塩を掛ける迷惑女や、殺す気で御札を投げつけてくる冷血女とは全然違う。今まで僕の周りにいなかったタイプだ。

「そんな警戒しなくても大丈夫。私は社長と違って良識派だから。いつもあの人の暴走を止めて、ちゃんとした道筋を通らせるのが私のお役目なの」

「そりゃ大変そうな仕事だな。心底同情するぜ」

「そう思うなら手伝ってね」

「勘弁してくれ」

いくら可愛い子のお願いだからといっても、瓜子の相手をするのは絶対嫌だ。

「で、あんたは何者なん？」

「名前からわからないかな？　私は……」

「「うぎゃあああああッ!!」」

廃病院からボンクラ達の悲鳴が聞こえた。

突然の声に驚きこそすれ、心配などするはずもなかった。瓜子が関わっている以上、ろくでもないことが起きるのはわかっていた。それと、悲鳴を上げたのはボンクラ達だし。野郎の心配する義理なんてない。

ただ、何が起きたのかは気になった。僕に被害がなければいいのだけど。

「さっそく始まったね」

メリーは実に楽しそうな小悪魔スマイルを浮かべた。ちょっと怖い。

……この子、一見まともそうだけど、油断すると痛い目に遭わされそうな気がする。

「一体何が起こったんだ？」

「まぁ、追い追いわかりますよ。今は知らない方が面白いです。主に私が」

神崎は実に楽しそうな悪魔的な笑みを浮かべた。とても怖い。

「それ、僕にとって面白いって意味とイコールで繋がらないよな⁉　っていうか、微妙に危険なニオイがするんだけど！」

「大丈夫。雨月君に直接的な被害はないはずだから。……多分」

「多分⁉　今、多分って言ったな！」

「社長の考えを予測するのは非常に難しいから断言は……」

「私としては、雨月も含めて酷い目に遭うのが一番面白いです」

「不吉なことを言うのはやめろって！」

これ以上酷い目を見るのは勘弁してほしかった。今日は瓜子と神崎に苛められて、いろいろと心に傷を負っているのだから。

「「ひぎゃあああああああああああああッ!!」」

さっきとは違うボンクラ達の声だ。おそらく二組目の悲鳴だろう。

二組続いて絶叫が上がったことで、肝試しに集まった連中も戸惑い始めた。ようやく廃病院の不穏な気配に気付いたようだ。しかし、まだ余裕ぶっている連中がチラホラといた。

「そろそろ社長の順番ね。雨月君、出番だよ」

「はぁ……、行かないといけないのか……」

嫌な予感はビンビンするのだが、ここで行かないと後が怖かった。

逃げたら殺す、って顔した瓜子がこっちを見ているし。

「じゃあ、行ってくらぁ～」

「頑張ってきてね、雨月君」

可愛い子にお見送りされるのは、とても気分がいい。

「行ってらっしゃい。無駄だと思いますが、一応無事を祈ってます」

「だから、これ以上不安にさせるのはやめろって!」

冷血女にお見送りされるのは、何か嫌な予感がしてならない。

「……はぁ、何事もなく終わってくれよ……」

我ながら祈っても無駄だという自覚はあった。

だって、瓜子だもん。絶対に面倒なことを起こすに決まっている。そして多分、僕が巻き込まれるのは必定みたいなものだ。もうだんだんわかってきた。

悲しい現実に溜め息を吐き、僕はフワフワと瓜子の下へと向かっていった。

※

「か、柿崎、怖かったら俺の手を掴んでもいいぞ」

「はっはっはっ、願い下げじゃ。ほれ、さっさと行くぞ」

「お、おう！」

瓜子と一緒の組になったボンクラは妙に浮かれていて非常に不愉快だった。周囲にいる女の子とペアになれなかった残念ボンクラ達も僕と同じ気持ちのようだった。射殺さんばかりの目付きで瓜子ペアのボンクラを睨んでいた。何というか、見えない怨念がボンクラに向いているのがよくわかる。もてない男達の嫉妬は醜くてウザい。

このボンクラが酷い目に遭うのは確定している。だって、瓜子とのペアだから。しかし、さっさと酷い目に遭ってしまえと思う。可愛い女の子（見た目限定）と肝試しなんて、僕だってしたことがない。そんな幸せ、一秒だって味わわせるのは不愉快だった。

そんな気分のまま僕は瓜子の少し後方を浮いていた。

瓜子はボンクラを置いていく勢いでさっさと廃病院に突入した。この女には廃病院を恐れる要素など何一つないので本当に迷いなく進んでいく。ボンクラは廃病院のおどろおどろしい雰囲気にビビっているようで、瓜子に置いていかれないように必死だった。

廃病院に入ると、まずは受付ロビーに行き当たる。診察を受けにくる人達で溢れる場所なので結構な広さがある。ただ、廃墟だと無駄に広くても不気味なだけだった。

一階の地図では、最初のチェックポイントは受付ロビーの向こう、ナースステーションの中だった。入口からそれほど離れていないが、病院関係者でなければ絶対に立ち入らない場所だ。

なかなか面白い場所をチェックポイントにするなぁ……。

人に限らず多くの動物は未知なるものを恐れ、警戒するようにできている。ナースステーションは普通、一般人が立ち入れない未知の領域だ。これから入ろうとする場所の中を想像できないというのは侵入を躊躇わせる。まして、ここは雰囲気満点の廃病院だ。余計な想像を掻き立てられ、更に恐怖を膨らませるだろう。

「どうしたのじゃ？　さっさと来い」

「おおおおおう……」

声震え過ぎ。

ボンクラは最初こそ瓜子に置いていかれないよう急いでいたが、もう完全に廃病院の雰囲気に呑まれて、すっかり腰が引けてしまっていた。こんなチキンなら、初めから肝試しなどに来なければいいのに。

ビビりながらもボンクラは瓜子と一緒にナースステーションに入っていった。ドラマで見たことがあるようなのとは違って意外と何もない。ここが廃病院だからだろうか。

「チェックポイントは、あっちの部屋じゃ」

瓜子が指差した向こうには、色褪せた扉があった。何のための部屋かは不明だが、瓜子は勝手に進んでいく。

僕は少し出遅れて、ボンクラのすぐ後ろを飛んでいた。

だから、それを目撃してしまった。

「……」

「うわあああああああああああああああッ!!」

カエルが潰されたような声はボンクラの。驚いて絶叫してしまったのは僕。

あぁ～、びっくりした～……。心臓が止まるかと思った……って、もう止まってますね。

何が起きたのか説明しろと言われても、あまりに突然過ぎる出来事で、僕も一瞬では状況を理解できなかった。

ひとまず今、目の前の状況。

色褪せた扉の向こうはロッカールームだった。ナース達が着替えをしていた場所と言えばドキドキする人もいるかもしれないが、廃病院の寂れたロッカーを実際に見ている方としては不気味極まりない場所だった。

瓜子はロッカーにもたれかかって、クソ生意気そうな顔をしていた。

ボンクラは気絶して倒れている。

あと、天狗がいる。

……いや、おかしなことは何一つ言ってないから。僕は正確に現状を説明した。あっ、少し情報が足りなかったかもしれない。

烏天狗だ。顔にクチバシがあるし、黒い羽も生えてるし。顔が赤くて鼻が長いのは一般的に大天狗と言われている。あと、天狗は気絶したボンクラの上に立っていたので、多分ボンクラを気絶させたのも天狗の仕業だろう。

……いや、本当に天狗なんだよ……。場違いなのは、よくわかっているんだけど……。

「さすがの手際じゃのぅ、箔天坊」

やはりというか、天狗は瓜子の関係者だったようだ。うらめし屋の社員か。本当に何でもいるな。でも、もっと廃病院向きの妖怪を出した方がいいのではないか。

「褒められるほどのことじゃない」

箔天坊と呼ばれた烏天狗はクールに言い捨てた。僕、こういうすかした野郎って嫌いだ。こいつとは仲良くなれそうにない。

「うむ、褒めとらんわ。烏天狗の分際で鼻を高くするな。ヌシには鼻ないじゃろ」

「……こ、この、クソアマ……」

前言撤回。もしかしたら、意外と気が合うような気がしてきた。

瓜子の標的になりそうになったら、こいつを押し付けよう。多分、それで安全だ。

「それで、この頭悪そうな幽霊が新入社員か？」

「んだと、コラ！　誰が頭悪そうだって！」

前言再撤回。こいつと仲良くするなんて絶対に無理だ。

ふざけやがって、このクチバシ野郎！　すかしてんじゃねぇぞ、コラ！

「馬鹿同士で諍いを起こすな」

「『誰が馬鹿同士だ⁉　こんな馬鹿面した奴と一緒にするんじゃねぇよ‼　って、んだと、コラ‼』」

「ヌシら、息ピッタリじゃのう。それより、あんまりのんびりしている時間はないぞ。やることを済ましてから喧嘩するんじゃな、馬鹿コンビ」

「こ、このクソアマ……」

不愉快極まりなかったが、ここで騒動を起こす訳にもいかなかったので僕達は大人しくすることにした。

「それで、このボンクラはどーすんだ？」

「うむ、記憶飛ばして、ロッカーに放り込んでおく。前の二組もこの中じゃ」

「随分な扱いだな……」

でも、ボンクラが相手なので大して同情はしなかった。

記憶飛ばすとか言っているが、できるのかと聞くのは愚問だろう。この胡散臭い連中なら、それくらいできるような気がする。

箔天坊は面倒臭そうに溜め息を吐くと、気絶したボンクラに怪しげな札を貼って、謎の印を結んだ。あれで記憶を飛ばしているのだろうか。一仕事を終えた箔天坊はまたも面倒臭そうな溜め息を吐いて、ボンクラをロッカーに詰め込んだ。

「このボンクラ達はこのままロッカーの中か？　見つかっちまうかもよ？」

「まぁ、見つかっても問題はない。箔天坊以外の奴がロッカーを開けると、この中にいるボンクラ達が全員気絶したまま自宅まで全力疾走するようになっておる」

「何それ怖い。見つけた人もビックリだろうよ」

「しかも、そうなった場合は、肝試しに来た記憶そのものもスッパリ消えるように仕込んでおる。で、後日他の連中と話が嚙み合わなくなって、背筋ぞぞ〜っというパターンになるだけじゃ」

「あぁ、怪談の後日談で話が嚙み合わないのって、あるあるだよな。そういえば、クジの番号と人数が合ってなかったのも仕込みか？　ほら、クジで一番大きい数が十二番ってことは、十二ペア、二十四人いるって計算だろ？　だけど、実際は二十二人しか来てなかったじゃないか？」

「へっ？」

瓜子が何のことだ、という表情で首を傾げた。

「…………えっ？　お前の仕込みじゃねぇのかよ！」

「いやぁ、まさかヌシが気付くと思わんかったから驚いたぞ。それも気付いたら、ぞぞ〜っとなる仕掛けじゃ。まぁ、小ネタ過ぎるからスルーされると思っていたが、気付かれると嬉しいもんじゃのぅ」

瓜子は屈託なく笑うと、満足そうに何度か頷いた。

今のは僕をビビらせようとしたのではなく、素で驚いていたのかな。

まぁ、悪戯って不発になると悲しい。引っ掛かってくれなくても、気付いてもらえると嬉しいのかもしれない。

「さて、無駄話もこの辺までじゃ。皆の者、集合！」

バタンバタンバタンバタンッ!!

うおぉぉッ!?　ロ、ロッカーが勝手に開いたッ!?

と思ったが、中に人（？）が入っていやがった。しかも、一度見たら忘れられないインパクト大の奴らが。こいつら、瓜子の合図があるまで、ロッカーの中で待機していたのか？

「ガハハハ〜、やっと出られたぜぇ〜」

「あぁ〜、狭かったッス……」

「てやんでぃ、社長命令に文句を付けんな、青」

「……ふぁ〜……、眠……」

二人は見覚えがある。インパクトが無駄に強い奴らだったし。

赤坊主と青坊主。顔的に人間じゃない奴ら。何故か二人は今、生臭坊主の恰好ではなく、医者と患者ルックだった。赤坊主が医者で、青坊主が患者。似合わな過ぎて笑える。

あとの二人、というか一人と一匹は、初めて見る顔だった。いや、その一人という方もその数え方でいいのか疑問がある。だって、頭に狐みたいな耳が生えているし。

「あっははは、ヌシのビビりっぷりは本当に愉快じゃな」

「ふっ……、馬鹿な上に臆病者か。救えん奴だな」

「がははは！　確かに滑稽ではあるな！」

「くっくく……。ちょっと、今のはないッスね〜」

「くかかか！　肝っ玉のちいせぇ小僧だな」

「……ZZZ……」

「笑ってんじゃねぇよ、てめぇら!!　あと、寝るな、約一名!!」

えっ？　いつも僕のビビりっぷりの描写がないって？　見せないよ。だって、ビビってないんだから！　本当だからな！

「皆の者、こやつがウチの新しい社員の雨月夏彦じゃ。存分に弄り倒してやれ」

「お前はそれで僕を紹介したつもりか！」

「そうじゃな。いいか、皆の者！　こやつがバナナの皮で滑って頭打って死んだ阿呆……」

「黙れェェェッ!!」

人の醜態を語ろうとする瓜子の声をかき消すように大声で叫んだ。

……ったく、このクソアマを喋らせておくとロクなことが何一つない。

他の連中は僕を見ておかしそうに笑ったままだし、不愉快極まりなかった。

「……社長、話が進まない」

「むっ、そうじゃな」

瓜子に意見を言ったのは、見覚えのない奴その一だった。

狐耳を生やした、綺麗だけど残念な姉ちゃん。どの辺が残念かというと、頭はボサボサでジャージ姿なところが。しっかりオシャレすれば、目鼻立ちがスッとした知的な美人なのだが。そんな綺麗な姉ちゃんが休日で気が緩みまくった状態っぽい。あと、ピクピク動く狐耳に対して突っ込みは入れない。入れたら負けだ。

「……とりあえず全員、自己紹介」

瓜子は常日頃、やる気？　何、それ美味しいの？　って感じに見えるが、意外としっかり曲者（くせもの）揃いの連中をまとめている。

「面倒だから、さっさと終わらせて……」

それが本音なんですね。ええ、わかります。

「ウチ、銀狐（ぎんこ）の七曜（しちよう）」

やる気なさそうな残念姉ちゃんの名前は、七曜というらしい。

銀狐というのは、アレだ。妖狐の一種だな。銀色の毛並みをした妖狐。まぁ、妖狐かどうかの真偽は不明だが、とにかくボサボサな銀髪だ。

「七曜は我が社の副社長じゃ。天狐に近い年齢じゃから、実力も相当なもんじゃぞ。

こやつなしでは、我が社は立ちいかん。唯一の難点は、本人のやる気が皆無なところじゃな」

「それは致命的な難点だな……」

「全くじゃ。陰陽五行の術なら完全にマスターしておるくせに、ちっともやる気を見せん。まぁ、それなりに働いてはくれるからいいんじゃが……」

とりあえず、七曜って姉ちゃんがいろいろ残念なんだってのはよくわかった。

「がははは！　某(それがし)達の自己紹介はいらんじゃろう！」

赤い髭面と青い一つ目が期待に満ちた顔でこっちを見た。まぁ、こいつらを一目見て忘れられる奴がいたら見てみたいくらいだ。

「赤坊主と青坊主だっけ？　そのまんまだよな」

「「やかましい！」」

名前のこと、気にしているのだろうか。でも、妖怪だしな。

「こやつらは基本、雑用じゃな。まぁ、見た目のインパクトも強いから、ただ突っ立っているだけでも人を脅かせるのぅ」

つまり、大した役には立たないらしい。印象通りの連中だ。

「じゃあ、俺っちの番だな」

「ウサギが喋ったッ⁉」

「さっきから喋ってんだろうが、この野郎！」

うん、知ってる。てやんでぃ、とか言ってた江戸っ子口調の腐れウサギだろう。今のはお約束という奴で、お笑いを目指す者としてやらなければならない通過儀礼だ。別にお笑い芸人とか目指してないけど。

「で、お前は何だよ？　妖怪というには、ちょっとアレじゃね？」

「俺っちはグレムリン！　小悪魔だ！」

「……ワールドワイドだな、この会社」

グレムリンとは某映画にもなった有名な奴だ。

もう少し説明をすると、機械に悪戯をする小悪魔。今目の前にいる奴の場合だとオーバーオールを着て、手にはスパナを持っている二足歩行のウサギだ。話によると好物はチューイングガムらしいが、こいつもやっぱり好きなんだろうか？　あと、水を浴びると増殖するのだろうか？

それにしても、何故に江戸っ子口調なのだろうか。グレムリンって外国の小悪魔さんのはずなのに。いろいろ気になるウサギだ。

「グレムリンは機械担当じゃな。日常生活ではこやつの力で助けてもらうことが多いのぅ。仕事では裏方に回って、ケータイを不通にしたり、機械設備を動かしたりできる。出身はイギリスなんじゃが、飛行機に乗って日本まで来て、そのまま居付いてしまったんじゃ」

　それはわかるけど、何故、江戸っ子口調なんだ？　飛行機が実用化されてる頃には江戸時代が終わってるはずだぞ。

「で、あそこでクールぶってる烏天狗が箔天坊じゃ。身軽でいろんな術にも長けていて、七曜の次に有能な奴じゃ。あと、メリーに惚れとる」

「何を勝手ほざいてるんだ、てめぇはッ⁉」

　あぁ、やっぱり、こいつも弄られ系か。でも、仲良くするのは無理だ。

　っていうか、あの金髪美少女のメリーに片想いか（断定形）。天狗の分際で、パツキンに手を出そうとするなんて不逞な輩だな。攘夷派の連中に斬り捨てられてしまえ。

「まぁ、他にも社員はいるんじゃが、今日のところはこれだけじゃな。我が社は入れ替わりも激しいしのぅ」

「何だ、退職できるのか？」

「したいならしてもいいが、その代わり地獄逝きは決定じゃな」

　人の足元を見る酷い奴だ。

「他の社員ってのは、どんなだ？」

「メリーと朧車には会ったじゃろう？　あやつら以外には、数名いるくらいじゃ。他の賑やかしは大体、行く地方ごとに現地のバイトを雇っておる。ほれ、さっきの脳漿をぶちまけたナイスガイとか、あぁいうインパクトある連中じゃよ」

「……どうして僕は社員待遇なんだよ？」

「ヌシほどの阿呆は滅多におらんからな。特例じゃ。嬉しいじゃろう？」

「うれしくなぁ～い」

「二、三十年前までは、口裂け女が一番人気じゃったな」

　確かブームだったらしいな。僕はちょっと時代がズレているけど。

　そういえば、ブームの頃は口裂け女が嫌いなポマードを持った小学生がたくさんいたというが、そんなのは誇張表現だ。作者はそんな奴は知らんと言っている。

「ふ～ん。で、その口裂け女さんは今どこに？」

「さぁのう……。一発屋のその後なんて虚しいもんじゃ……」

「悲しいこと言うな」

　悲しい現実を聞かされ、ちょっとブルーな気分になってしまった。社会の荒波は、妖怪達の業界にまで影響を与えているんだな。

　再起を狙って二発屋になろうぜ。目指せ！　毒舌王。

「無駄話、それくらいで終了。さっさと仕事。ウチ、眠い……」

「うむ、そうじゃな」

　やる気あるのかないのか、よくわからない姉ちゃんだな。まぁ、多分ない。

「では、皆の者、傾聴じゃ！　作戦前の最終調整じゃ！」

　瓜子が嬉々とした表情で口を開いた。多分、誰かを酷い目に遭わせる気だ。そんな顔をしている。その被害が僕にまで及ばないように切に願う。

　さて、そろそろ僕は仕掛け人側に回るので、語り部の仕事は一時中断だ。そちらはそちらで恐怖の時間を楽しんでほしい。

　……まぁ、仕掛けがあるとわかっている時点で恐怖もクソもないかな？　せいぜい恐怖でパニックを起こす道化連中を笑ってやってほしい。

※

　瓜子達のペアが出発してから十分が経過した。

　本来なら次のペアが出なければいけない時間だったが、出発するはずの者達は二の足を踏んでいた。彼らの表情には戸惑いと恐怖が浮かんでいた。

　最初のペアが出発してから三十分以上。もうとっくに最初のペアが帰ってきてもいい頃合いだった。しかし、二回大きな悲鳴が聞こえただけで、誰一人として戻ってこなかった。それどころか、屋上に辿り着いてゴールの合図をした者さえおらず、廃病院は不気味な闇に包まれたままだった。

静寂は更なる恐怖を呼ぶ。だから、彼らはざわめきを絶やさない。

一体、廃病院の中で何が起きたのか。このまま肝試しを続けてもいいのか。中にいる者達の安否はどうなのか。とにかく恐怖を紛らわすように皆が話し出した。

事情を知っているメリーは冷静に時を見計らっていた。

現在、うらめし屋メンバーは最終調整中。瓜子から連絡が来るまで、誰も廃病院の中に入らないようにしなければいけなかった。しかし、幸いにも廃病院に入ってみようと言い出す勇敢な者は現れなかった。

今は立会人である神崎美冬と一緒に、騒がしい集団から少し離れた場所で時を待っていた。

「雨月は大丈夫でしょうか？」

「心配なの、美冬さん？　あっ、もしかして……」

夏彦に対しては辛辣だった美冬が、彼のいないところでその安否を気遣うとは、一体どういう風の吹き回しだろうか。実は夏彦に気があるのではないか、とメリーはワクワクしながら尋ねた。

「……むしろ逆です。酷い目に遭っていてくれないでしょうか、という期待です」

「あははは……少しは心配してあげようね」

非通知のワンコール。これは瓜子からの合図であり、うらめし屋の準備完了の連絡だ。

「あっ、着信が来たみたい」

やはり美冬は夏彦に対して辛辣だった。ラブやロマンスの気配は皆無だった。

「善処しますが、多分無理です」

「始まりますか、うらめし屋のショーが」

「だね。じゃあ、そろそろ……」

メリーは集団の中心に向かって近付いていった。

彼女の役割は二つ。時が来たら、集団で廃病院に入るように勧めること。そして、彼ら全員が無事に帰れるように陰からサポートをすること。

「んっ、どうしたの？　メリーちゃん」

夏彦曰くボンクラ、特徴のない男子生徒の一人がメリーに気付いた。一人が気付けば、集団も気付く。十数人の視線がメリーに集まった。

「……あの、全員で、中に入っていった人達を探しに行かない？」

「ぜ、全員で中に……」

当然の提案なのだが、やはり二の足を踏む。

ここで即座に行こうと言えるような勇敢な者がいれば、メリーも仕事が増えて大変だったはずだ。しかし、実際は勇気を出せる者はおらず、楽に仕事をすることができた。

彼らは今、廃病院が放つ異様な雰囲気に足を竦ませているが、必ず何人かは中に入ることになるだろう。いかに恐怖があろうとも、人道的に級友を見捨てる真似はしたくないはずだ。特に十人以上の人数がいるならば、道義的な問題を蔑ろにはできないものだ。

帰ってこない級友を探すために、必ず彼らは中に入る。

「そうだよ。普通に考えれば、幽霊や妖怪なんていないでしょ？」

いけしゃあしゃあと言い放つ妖怪少女。

幽霊や妖怪などいない。その言葉に青ざめた顔をした集団の者達が全員頷いた。この情報化社会において幽霊や妖怪を信じられるはずがない。誰もがその存在を否定する。それに、今、ここでそのことを否定してしまえば、見えざる者達への恐怖によって正気を失うだろう。だから、全員が頷いた。

しかし、実は目の前にいる金髪美少女が妖怪だということに、誰が気付いているだろうか。誰も気付かない。だから、全員暢気に頷いている。

「多分、中で床が抜けたとか、天井が崩れたとか、そういう事故が起きたんだよ。悲鳴も多分そのせい」

「事故か……。じゃあ、怪我をしてて動けないのか？」

「確かに幽霊なんているはずないし、事故って可能性が一番か？」

「そ、そうだな……。うん……」

恐怖を抱かずに済む合理的な説に、誰もが簡単に食い付いた。

潰れて十年程度の建築物でそんな事故があるかどうかは疑問だったが、恐怖で正常な判断力を失っているので誰も気付かなかった。

それに、三組続けて事故に遭う可能性や、瓜子達のペアは悲鳴を上げていないこと（夏彦の悲鳴は霊感のある者にしか聞こえないので、彼らには聞こえない）に対して、誰も疑問を抱かなかった。もしくは疑問に思いつつも他の可能性、すなわち幽霊や妖怪の存在を認めるのが怖いから、メリーの説を支持しているだけかもしれない。

恐怖に怯えた民衆を誘導することほど簡単なものはない。だが、あまり怯えさせ過ぎると思わぬしっぺ返しを受けるので注意が必要だった。

「とにかくみんなで様子を見に行こう。本当に事故だったら大変だよ」

事故ということを強調し、彼らの危機感を煽らせる。そして、判断を急かすことによって思考する機会を奪う。

「た、確かに。本当に事故だったら、助けに行かないと……」

「もし、事故死なんてしちゃったら、それこそ化けて出るかもね」

「ま、まさか……」

彼らは事故死した人物を一人知っている。今、大半の者の脳裏にその人物の姿が過ったただろう。

いかにその事故死した人物が救いようもない馬鹿で、しかも死に方がバナナの皮で滑って頭を打ったという愉快痛快な死に方であっても、この状況では恐怖の種火になる。状況の力がそうさせてくれるはずだ、おそらくは、多分。

「何かあっても全員で行動すれば安全だよ。だから、行こう！」

反応はすぐには返ってこなかった。

だが、彼らにはここで級友を見捨てるという選択肢はない。人道的にもそうだし、男として可愛い女子の頼みを無下にできないという見栄もあるだろう。

しばらくして、男子の一人が恐る恐る頷いた。

「……そ、そうだな。行こうぜ」

「あ、あぁ、そうだな……」

「中にいる奴らが心配だしな……」

一人が賛同すれば、他の者達も頷き始めた。

これで頷かなければ、先に中に入っていた瓜子の名前でも出して煽ろうとメリーは思っていたが、どうやら必要なかったようだ。

メリーに煽られて廃病院に入ると言い出したのは約十人強。しかし、まだ中に入る決心がつかずに、頷いていない者も何人かいた。

「貴方達はどうする？　残っている？」

「………………」

女の子にそう尋ねられれば、男として頷かざるを得ない。

「……い、行くよ。ここに残るのもアレだし……」

「そ、そうだな……。俺達だけ残っているのもちょっと、な……」

「そう。じゃあ、全員で行こうか？」

何人かは残るかとも思ったが、これで全員参加が決定した。

メリーは心の中でひそやかに微笑んだ。彼らの末路を想像すれば、笑いが込み上げてきそうになるが、表情には出さないように努めた。

※

彼女の『誘導』によって全員が廃病院へと足を踏み入れた。

廃病院の中は暗く静まり返っており、どこか淀んだ空気が満ちているように思えた。濃厚な深い闇に包まれた場所に踏み入ると、もう二度と帰れないような錯覚さえ感じられた。しかし、ここに立ち入って戻ってこない者が六人もいると考えれば、それはあながち見当違いな想像ではなかった。

彼らは闇が全て消えてしまうように願いながら懐中電灯で周囲を照らした。しかし、小さな懐中電灯では廃病院の闇を払うには全く足りなかった。複数の明かりがあるのにもかかわらず、暗黒はまるで大きく口を開けて獲物を待ち構えているようだった。

ロビーは広く閑散としていて、誰かがいるような気配はなかった。ここは月日の風化があるが、元々ソファー等があるだけなので、何かが起こるようには思えない場所だった。事故があったのならここではないだろうし、幽霊もこんなところから出るはずがない。

まず彼らは最初のチェックポイントに向かった。雑多に物が散らかっているナースステーションを通り、ロッカールームにまで辿り着いた。

彼らは何も知らない。何も気付かない。

これまで入ってきた者達が全員、このロッカーの中で眠っていることを。

扉近くの五つのロッカー。そこを誰かが興味本位で開けば、彼らの探索は終了となる。一体、何故、ロッカーに入れられていたのかという大きな謎が残るだろうが、彼らがその答えに至ることは絶対にない。ただ理解できない現象に震えるだけだ。しかし、それで彼らは無事にここから出られる。

彼らが気付いたのは、ロッカールームの奥にあるチェックポイントの存在だけ。級友が眠るロッカーを通り過ぎ、彼らはチェックポイントの下へ集まった。

「メリーさん、人形の数はどうですか？　減っていますか？」

美冬が指差した先には、十体以上のフランス人形が置かれていた。これらはチェックポイント通過時に取るための人形だった。

ここの人形が減っていれば、先行していたペアが通過した証拠となる。逆に減っていなければ、まだ辿り着いていない証拠ともなり、探索すべき地点の割り出しが可能となる。

「うん、減ってるよ。瓜子と一緒に準備したんで間違いないよ」

もちろん『誘導』するための嘘だ。

そもそも先行したペアはロッカールームに着いた時点で昏倒させられた。人形に触れてさえいない。数も当然減っていない。

しかし、準備を行ったと主張するメリーの意見を疑うことなど誰もしなかった。仮に、メリーが嘘吐きだと告発したとしても、元の数を知らない彼らにはその真偽を知る術はなかった。

「じゃあ、二階に向かったはずですね」

美冬は人形と一緒に置かれていた地図を手に取った。

肝試しのルールでは、この地図に沿って進むのだから、理屈的には先行する者達もこの地図の通りに進んでいるはずだった。

他の者達の何人かも地図を取り、二階のチェックポイントの場所を確認した。

「人形はどうする？　一応、持っていく？」

そう言ったのは、瑠奈だった。彼女が言わなければ、メリーが言うはずの台詞だった。この人形は持っていってもらわないと困る。

「そうだね。一応、ルールだし、一つくらい持っていこうか」

メリーは立ち並ぶ人形の中から一つを選び出し、その人形を胸に抱いた。

フフフ……。

一瞬、その人形が不気味に微笑んだように見えた。

それに気付いてビクッと肩を震わす者達が数名いたが、ライトの光が変な反射をしただけだろうと思って落ち着いた。

「な、なんか不気味な人形だな……」

「だって、怖がらせるのが目的だから」

今にも動き出しそうなほど精巧に作られた西洋の人形は、日本人の感覚では可愛さよりも不気味さを感じさせるものだ。しかも、置かれている場所が暗いロッカールームであり、そのミスマッチが余計に恐怖を呼んだ。そもそも人形は元々無表情にできており、角度や明度によって表情が変化して見えるようになっているのだ。たとえ、人形が笑ったように見えても、気のせいだと思うのが今の彼らには大切なことだった。

彼らの視線がフランス人形に集中したその時だった。

パタンッ……と人形の一つが唐突に倒れた。

『うわあああッ!!』

彼らの大きな悲鳴が狭いロッカールームに反響した。

誰も人形に触れていないことは全員が確認している。それなのに、何故、倒れたのか。風も地震もなく、倒れる外的要素がないのに、何故倒れたのか。

理解できない。幽霊の仕業だろうか。だが、それを認めることはあまりに恐ろしかった。しかも、ちょうど人形の不気味さに注目していた時、倒れたのが怖かった。タイミングがよかった。まるで人形自身が何かを訴えていたようだった。

「……これを取る時、引っ掛けたのかな?」

メリーの冷静な意見に、パニックになり掛けた者達は安堵の息を漏らした。

原因さえわかってしまえば、恐怖などない。メリーの言葉が事実であってもなくても、彼らにとって理屈で説明できれば何でもよかった。

ガタッ!

ロッカーから物音が聞こえた。まるでロッカーの中で何かが倒れたような音だった。

決して大きな音ではなかったが、誰の耳にも届くくらいには大きな音だった。

「な、何だ、今の音……」

「さ、さぁ……」

彼らは困惑しながら辺りを見渡し、耳を澄ませた。しかし、何も見つからない。何の音も聞こえなかった。

原因不明の音が鳴ったのは一度きり。彼らは怪訝に思いつつも、それ以上、音の正体を探そうとはしなかった。

そもそもたまに音が聞こえるなど珍しいことではない。例えば、木造建築などでは夜中にパーンと音が鳴ることがあるが、あれは木材が乾燥して割れる音だ。どこでもあるようなことだ。

原因不明の音が鳴ることなど日常的……だから、ロッカーが急に音を立てても不思議ではない。

「……とりあえず、地図も手に入りましたし、先に進みましょう」

「そ、そうだな。さっさと出ようぜ」

美冬の意見に皆口々に賛同して、我先にと急ぎ足でロッカールームを出ていった。

彼らが全員、ロッカールームを出た瞬間だった。

ガタッ、ガタッ。

また鳴った。しかも、二度も鳴った。

これは明らかな異音だった。何かが蠢（うごめ）くような不気味な気配さえ感じられた。

彼らは皆、ロッカールームを振り返ったが、音の正体を確かめようと言い出す者はいなかった。地図を片手に逃げ出すようにナースステーションから出ていった。


十数人が急ぎ足で進むと、足音も随分と大きくなる。

騒々しい足音を立てながら地図通りに階段を目指した。廊下は複数の懐中電灯で照らされ、それなりに先の様子まで見えていた。

だからこそ、それが見えた。

白衣を着た何者かの影。

一瞬だけだが、確かにライトに照らされた白衣姿の男の後ろ姿。

この廃病院に肝試しに来た者達は全員、私服姿だった。白衣を着てきた者など誰もいない。ならば、今の白衣の男は一体誰だったのだろうか。

姿から考えれば医者だ。しかし、廃病院に医者がいるものだろうか。もし、廃病院に医者がいるとしたら、それは……。

「い、今のは……まさか⁉」

「き、気のせいだよ！　きっと、何か変なものに反射して……」

「そ、そうだな！　きっと気のせいだ！」

「……気のせい。そ、そうかもな！」

目の錯覚だとみんな口々に言った。

今の一瞬見えた白衣姿の男は、目の錯覚に決まっている。

……果たして本当にそうなのか。

次々と起こる小さな違和感に彼らも疑惑を強めていた。突如倒れた人形、ロッカーの物音、白衣姿の男らしき目の錯覚。一つ一つは些細な現象だ。幻覚や幻聴と否定すれば、無視できるようなことだった。

しかし、それも連続して起これば、次第に否定できなくなっていく。疑惑は強くなっていき、確信へと変わっていこうとしていた。

——怪奇現象は実在する。

それを認めてしまえば、恐怖を止める術はなくなってしまう。気のせいだと言える今の段階なら、いくら疑惑が強くなってもそれを認めなければいい。

「……止まってないで行きましょう」

美冬はいつもの絶対零度の視線で足を止めている先頭集団を睨み付けた。これはまた別の意味で怖いので、彼らは仕方なく歩みを進めた。

この廃病院は高さこそないが、一階一階がとても広かった。病院内を通る廊下も果てしなく長く見えた。懐中電灯の明かりでは先まで見通せず、あの暗闇の向こうは地獄に繋がっているのではないかと想像させた。

どこまで続くかわからない廊下を歩き続け、廃病院の東端にある階段に辿り着いた。地図によると階段は東西の端に二ヶ所あるだけ。病院として機能していた時は中央にあるエレベーターを利用する者が多かったのだろう。酷く風化した階段だった。今にも壊れてしまいそうだった。

一抹(いちまつ)の不安を感じながらも、彼らは階段を上っていった。十数人の人間の荷重が掛かった階段は悲鳴を上げるように軋(きし)んだ気がした。しかし、彼らは何事もなく階段を上り切り、二階にまで辿り着いた。

ぞわっと背筋に言いようのない悪寒が走った。

二階に足を踏み入れた瞬間、異様な雰囲気に包まれたように感じられた。人ならざる者達の領域に誘い込まれたような悪寒だった。そして、その感覚は正しいものだった。

ガラガラ……、ガシャァァアンッ!!

突如、彼らの背後で凄まじい物音と振動が響いた。

あの風化した階段が崩落したのだ。二階から一階に繋がる退路はもちろん、二階から三階に繋がる進路さえ崩れてしまった。一応階段の縁が残っていたが、ここを伝って移動するのはあまりに危険だろう。

「か、階段が！」

「嘘だろ……こんなことが……」

「もし、俺達が上り切るのが少しでも遅かったら……」

恐ろしい想像が浮かび、彼らは恐怖で震え上がった。階段が崩れたという衝撃的事実で尻餅をついた者さえいた。

「……先に入った人達は、やっぱり何か事故に巻き込まれたのかな？」

「そ、それは……そうかもしれない……」

「もし、こんなのに巻き込まれてたら、ヤバいな……」

目の前で階段の崩落を見たので、先行した者達が事故で動けないでいるという可能性が確信へと変わった。実際は先程通り過ぎたロッカールームにいるのだが。

事故の恐ろしさを目の当たりにし、彼らの危機感は高まった。恐怖に身を震わす者も多いが、級友が生きるか死ぬかの瀬戸際にいるかもしれないと思えば、多少の勇気も湧いてくる。

彼らは妖気に包まれたような廃病院を進んでいく。その先に助けを求めている級友がいると信じて。彼らは友のために勇敢に進んでいった。

しかし、自分が友釣りに引っ掛けられた哀れな犠牲者だということに誰も気付いていなかった。

※

二階のチェックポイントは、病院中央付近の病室だった。おそらく間取りから見て個室ではなく大部屋のようだ。地図を見る限り、二階はそのほとんどが病床となっている。

彼らは暗く真っ直ぐな廊下をひたすら前進し続け、チェックポイント付近の病室まで辿り着いた。

そして、そこで遭遇してしまった。

「えっ？」

誰に出会ったのか……。それはもちろん、病院なのだから医者か看護師か入院患者に決まっている。

彼らの目の前に突如、入院患者が姿を現した。

もう誰もいないはずの廃病院で、入院患者がしっかりと彼らの目の前に現れていた。

あまりに突然な出現だったので、彼らは声を上げることもできずに呆然としてしまった。

突如現れた入院患者は後ろ姿しか見えなかったが、かなり大柄で筋肉質だった。しかし、どんなに屈強そうに見えても入院着姿だと患者に見えるから不思議だ。

くるり、と入院患者が振り返った。

そして、彼らはこれまでの人生で最大の絶叫を上げることになる。

『嗚呼アぁアア嗚呼アアあアァアぁアああアぁア嗚呼アァアあああぁアア嗚呼アあアアぁアアあァぁアアあアアあぁあアアァアあア嗚呼アあアあアァァア嗚呼アア‼』

振り返った入院患者の顔には、目が一つしかなかった。

これは確実に人間ではない。普通の人間が、顔の中央に目があるはずがない。そもそも一つしかない時点でおかしい。

人間ではない。ならば、一体何か。

人間ではない何か。理解できない存在だった。

恐怖の臨界点を突破した彼らの行動は様々だった。大絶叫を上げて、来た道を全力で引き返す者が数名。その場に尻餅をついて倒れ込んでしまった者が数名。尻餅をつかなかったものの、驚き竦み上がってしまった者が数名。あまりの恐怖で意識が飛んでしまった者が数名。鉄面皮が一名。凄く楽しそうな笑顔をする者が一名。

一つ目の怪物は、恐れおののく彼らを見つめたまま不気味な笑みを浮かべた。

その笑顔が恐ろしくて、その場に残った者達は恐怖のあまり泣き叫んだ。それはただの絶叫であったり、親に助けを求めるものだったり、様々だったが、実はこの笑顔は本人的には極上スマイルだったらしい。

一方、一つ目の入院患者に驚いて廊下を全力ダッシュで引き返してしまった者達だが、彼らもまた大変な目に遭っていた。

『アぁァ嗚呼アアあアああアぁアァ嗚呼アあァあアァ嗚呼ァアァあぁァアアッ!!』

彼らが行き着いた先、そこは崩れ落ちた東階段。

そして、そこには壊れた階段の縁をよじ登ってきた不気味な医者の姿があった。二階まで登ってきた医者は、まるで激昂したかのように真っ赤な顔立ちをしていて、今にも人を食い殺しそうな恐ろしい形相だった。

彼らはまたもUターンをして、半狂乱でその場から引き返した。

怪物医者も、彼らを追って凄まじいスピードで追ってくる。

『お、追ってきたァァァァァァァッ!!』

恐ろしい化け物に追い立てられて、彼らは半狂乱から完全な恐慌状態に陥る。そのまま引き返しても、あの一つ目の怪物がいることさえ忘れて彼らは走り続けた。

彼らは元の場所、一つ目の患者がいる場所まで戻ると、急ブレーキをかけて床に転倒した。もしくは、その場にへたり込んでしまった。

逃げた者達が戻ってきたことによって、残っていた者達も向こう側から駆けてくる恐ろしい者の存在に気付いた。

しかし、彼らには逃げ場など存在しなかった。

前門の虎、後門の狼。いや、前方の青坊主、後方の赤坊主というのが正しい表現だが、それは恐怖でパニック状態に陥っている彼らにとって些細な問題だろう。

「オラァァァァァッ!!」

砂埃を撒き散らしながら疾駆(しっく)する怪物医者は、獣のような勇ましい雄叫びを上げた。まるで食い殺してやるぞ、と言わんばかりの恐ろしい咆哮(ほうこう)だった。

目の前まで怪物医者が近付き、彼らの恐怖は最高潮に達した。おそらく彼らの大半は過去の記憶が走馬灯のように蘇っていただろう。しかし、襲い掛かってくると思っていた怪物医者は、見事な跳躍で彼らの頭上を通り越していった。

そして、一つ目の患者にフライング・ドロップキックを炸裂させた。

『えぇぇぇぇぇぇッ!?』

何故、フライング・ドロップキックッ!?

恐怖を忘れて、思わず突っ込みを入れたくなる意味不明な状況。

超加速のついた飛び蹴りによって、一つ目の患者は当然ながら、技を放った怪物医者までも遥か遠方まで吹き飛んだ。二人の怪物達はそのまま闇の中へ消えていってしまった。

　残ったのは虚しい静寂だけだった。

「……な、何だったんだ？」

　しばらくして、誰かがそんな疑問を呟いた。

その質問に答えられる者はいなかった。企画側である二人も、今の行動はさっぱり理解ができなかったのだから。

　あの二人は一体何がしたかったのだろうか。

　怪物達が消えた闇の向こうを見つめ続けるが、あの恐ろしい化け物が戻ってくる気配はなかった。

「ふぇぇ、怖かったよぉ〜、ゆうちゃん〜」

「う、うん……。ビックリしたね……」

　恐怖で腰を抜かした瑠奈は、何とか尻餅をつかずに立っていた彼氏に抱き付いた。

　恋人同士は互いの温もりで恐怖を慰め合うが、独り身の男子達からすればイラッとする光景だ。何故か、割と近くから怨念が飛んでいるような気配もした。

「……見事なドロップキックでしたね」

「いや、まぁ、見事といえば見事だったけど、何だったんだ？」

「そんなの私が知る訳ないじゃないですか。それより、次のチェックポイントはその部屋です。さっさと入りましょう」

美冬の鉄面皮は、今の意味不明な状況でも揺らぐことがなかった。ある意味、それが一番恐ろしいことかもしれない。

さっさとチェックポイントに向かった美冬を追って、彼らも病室に入っていった。

病室は錆びたベッドが置かれているだけという何とも寂れた状態だったが、更に中央に置かれた日本人形達が不気味さを醸し出していた。病室に入った瞬間、あの人形達に一斉に睨まれたような気がしたが、おそらく気のせいだろう。

「……メリーさん、どうですか？」

「三組分、減ってるね。先に進んじゃったのかなあ」

『…………』

まだ先に進まなければいけないのか。彼らの間にそんな落胆が見えた。

今まさに怪奇現象を目の当たりにした彼らは、先行した者達の安否よりも早くこの場所から逃げたいという気持ちが強くなっていた。

そもそも、先の三組は本当に事故で動けないのだろうか。あんな化け物を見れば、事故以外の可能性を疑わざるを得なくなる。まさかとは思うが、あの化け物達の手によって……と最悪の結末さえ脳裏を掠めていた。

「これが次の地図と人形だね」

メリーは三階の地図と不気味な日本人形を抱えた。彼女はすでに一階で手に入れたフランス人形を抱えているので、これで完全に手が塞がった状態になった。

彼らの視線は人形達に向いていた。一階のロッカールームでは前触れもなく倒れたが、今回は何が起こるのだろうか。そんな不安が込み上げてきた。

しかし、彼らの不安は杞憂に終わった。

日本人形と言えば、髪が伸びる怪奇現象で有名だが、それも特に起こる様子はなかった。

彼らはひとまず安堵して地図を取り、三階のチェックポイントを確認した。三階中央にある小さな部屋だ。間取りだけだと、この部屋が一体何に使われた部屋なのかわからなかった。

「ルートでは西階段を通るみたいですね」

西階段に行くためには、あの怪物達が姿を消した闇に向かって行かなければならない。一同は不安そうな顔を浮かべた。

「な、なぁ、東側の階段を使うってのは駄目か？」

「東階段はもう崩れているじゃないですか」

道はもう一つしかない。このまま進むにしろ帰るにしろ、あの怪物達が消えた向こうに行かなければいけなかった。

彼らは仕方なく西側の階段を目指すことになった。

寂れた病室から出て、怪物達が姿を消した廊下をライトで照らした。ひとまず怪物達の姿もなく、異常な点も見当たらなかった。

「さぁ、行きますよ」

美冬は地図を片手にスタスタと進んでいった。

女の子一人で先に進まれてしまっては、彼らも立ち止まってはいられなくなった。恐る恐る周囲を見渡しながら、美冬の後に付いていった。


幸いなことに、あの恐ろしい化け物の姿は全く見当たらず、あっさりと西階段まで辿り着いた。

「……やっぱり崩れそうな感じですね」

西階段も先程崩れた東階段のように酷く風化していた。

「十数人で一気に上るのは危険かもしれませんね。ここも崩れたら洒落になりませんし、慎重に行きましょうか」

「慎重に行くって、どういうことだ？」

「先行していた人達が三階まで行ったとなれば、二人で上れば階段は崩れないということです。だから、少人数で階段を上るんですよ。一応ペアと順番は決まっていますし」

『…………』

美冬の意見に気が進まないようで、皆一様に黙り込んでしまった。

身の安全を優先するなら、彼女の理論が正しいだろう。万が一、大人数で階段を上って、東階段のように崩れたら、退路が断たれるだけでは済まないかもしれない。最悪、事故死の可能性さえあった。

しかし、この不気味な廃病院の中で集団から離れたくないという気持ちも大きかった。

「どうします？　危険を承知で全員で上りますか？」

『…………』

それも恐ろしくて足が進まなかった。

彼らはしばらく迷っていたが、結局、ペアで階段を上ることにした。目に見えない恐怖より、目に見える恐怖を回避することを選んだ。

元々肝試しをする予定だったペアで順に彼らは階段を上っていった。崩れ落ちた東階段の映像が脳裏を過り、その足取りは非常に震えていたものの、何事もなく彼らのほとんどは三階へ辿り着いた。

※

集団のほとんどは三階まで上がれ、その表情に微かな安堵が見えた。しかし、最後の一組、美冬とメリーが三階に上がってこなかった。

「……ど、どうしたんだ？　あの二人……何で上がってこないんだ？」

「さ、さぁ……」

十一番目の組が上がってきてから一分が経とうとしていた。

たかだか一分と思わないでほしい。この異様な雰囲気に包まれた空間で、一分間も待ち続けることの不安を想像してほしい。ただ、呆然と立っているだけで様々な憶測が脳裏をかすめ、恐怖を肥大化させていく。

何故、彼女達は階段を上がってこないのかという疑問が、数十秒の間で、彼女達の身に何が起きたのかという不安へと変わっていった。

そして、不安と恐怖が肥え太った頃、絹を裂くような悲鳴が響いた。

「きゃあああああああああああッ!!」

メリーの声だった。

彼らの脳裏に最悪の場面（シーン）が過り、階下を覗こうと階段に近付いた瞬間だった。

ピシッ!!

何か固い物に亀裂が入るような耳障りな音が響いた。彼らはその音を聞いた瞬間、崩落した東階段を思い出して足を止めた。そして、それは結果として正しい判断だった。

ガラガラ……ガシャァァァアンッ!!

彼らの目の前で西階段は無惨に崩落してしまった。コンクリートの塊が轟音を立てて崩れる音と震動が再び廃病院の中に響いた。

あまりに衝撃的な光景を目撃した彼らは、声すら発せられずに立ち尽くした。

「神崎さんッ!?　メリーさんッ!?　無事なのかッ!?」

瑠奈の彼氏が崩れた階段の縁から身を乗り出し、階下の様子を窺った。

彼の呼びかけに返事はなかった。身を乗り出して覗いた階下にも彼女達の姿はなかった。

「神崎さん……、メリーさん……」

「う、嘘……。どうして二人は返事をしないの？」

「わからない……。とにかく、ここからじゃ二人の姿は確認できない……」

彼は眉間に深いしわを寄せ、乗り出していた身体を戻した。そして、青ざめた顔をしていた瑠奈の肩を優しく抱き締めた。彼自身も恐怖で押し潰されそうだったが、彼女の前で怯えた姿は見せられなかった。瑠奈のためにも気を強く持ち、何とか冷静さを保った。

しかし、皆が彼のように冷静でいられた訳ではない。むしろ、彼のように冷静でいられた者は少数派だった。

ついに人が消えてしまったのだ。

この事実は彼らに底知れない恐怖を与えた。

そして、更にもう一つ、退路が完全に断たれてしまったという事実。何が起こったとしても逃げられない状況。

気が狂いそうな恐怖に襲われ、彼らの中には泣き出した者もいた。彼らの中で冷静だった二人を失い、集団は半パニック状態に陥っていた。

美冬とメリーは何故、消えたのか。階段崩落に巻き込まれたのなら、崩落と同時に悲鳴が聞こえなければおかしい。しかし、メリーの悲鳴が聞こえたのは階段が崩れる直前だった。つまり、メリーは階段崩落以外の原因で悲鳴を上げたことになる。

では、階段崩落以外で悲鳴を上げるようなことは何か。

あの怪物達以外にない。それ以外に考えられない。

この廃病院には、人知を超えた怪異が存在している。

先行した者達が消えた原因も事故などではない。人ならざる怪物に襲われたのだ。


「えっ……、何だ、あれ……？」

ちょうど下を見ていた瑠奈の彼氏が、それの存在に気付いた。

メリーが持っていたフランス人形と日本人形。

それが何故か、宙に浮いていた。

そう、何故か、だ。

理屈は全く不明だったが、人形達が宙に浮いていた。

『くすくすくすくすくすくすくすくすくすくすくすくすくすくすくすくすくすくすく
すくすくすくすくすくすくすくすくすくすくすくすくすくすくすくすくすくすくすく
すくすくすくすくすくすくすくすくすくすくすくすくすくすくすくすくす……』

それは人形達の笑い声だった。

地獄の底から響き渡る怨嗟（えんさ）の声にも似ていた。

彼らはその声を聞いた途端、全身が総毛立ち、恐怖で頭が真っ白になった。

二体の人形はすぅっと糸で吊るされたように三階まで上がってくると、彼らに向けて満面の笑みを浮かべた。そう微笑んだのだ。人形の口が歪（いびつ）に裂けて微笑んで見せたのだ。

『ギャあァあァ嗚呼ァアァ嗚呼ァアッ‼』

肺腑（はいふ）の空気を全て吐き捨てるような大絶叫を上げ、彼らは形振（なりふ）り構わず全力で人形達から逃げ出した。

人形達は滑るように空を舞い、彼らを追い立てた。

彼らも追われていることに気付き、死に物狂いで走った。

しかし、両端の階段が壊れた今、この廃病院に逃げ場など存在しなかった。

更に彼らにとっての不運は続く。前方に薄（うっす）らと明かりが見えたのだ。一瞬、行方不明になった先行組かと思ったが、その光は懐中電灯のものとは明らかに異なっていた。

彼らの目の前の明かりは薄らと人の形をしていた。

彼らは不可思議な光を目にし、思わず足を止めてしまった。本能的に近付いてはいけないと感じたのかもしれない。そして、その本能からの警告は決して間違っていなかった。

薄らと人の形をした光、それは医者や看護師、入院患者の姿をしていた。数も一人や二人ではなかった。十人以上いて、数は徐々に増えていった。

あの人の形をした光が何か説明するまでもないだろう。それは、廃病院に巣食う幽霊だ。

「うぎゃあああッ⁉　な、何だよ、これは⁉」

「ゆ、幽霊まで出てきたのかよぉぉぉッ⁉」

「いやあああッ⁉　助けてぇぇぇぇぇぇッ⁉」

大量に溢れ返った幽霊の存在に気付き、彼らは更にパニックになった。

背後から追ってきた人形もいつの間にか二体から、数え切れないほど大量の数に増えていた。そして、その全てが甲高く気味の悪い笑い声を上げていた。

正面には廃病院に巣食う幽霊達。

後方には不気味な空飛ぶ人形達。

先程の怪物達と違い、この怪異達は確実に彼らを狙っていた。異常な存在がにじり寄ってくるのを感じ、彼らは無様に泣き叫んだ。

「も、もう駄目だ！」

「俺達、呪い殺されちまうのか⁉」

「嫌だ嫌だ嫌だ嫌だ‼　彼女もまだいないのに死ねるかよ‼」

「か、母ちゃぁぁん、助けてぇぇッ‼」

「南無阿弥陀仏南無阿弥陀仏……」

「うわあああんッ‼　肝試しなんて来なきゃよかったァァァッ‼」

「誰か、誰か助けてくれよォォォッ‼」

泣き叫んだところで幽霊も人形も姿を消してはくれなかった。

姿を消すどころか、恐ろしい幽霊と人形は徐々に数を増していき、彼らの周りを完全に埋め尽くしていった。どこに視線を向けても、幽霊、人形、幽霊、人形……。

彼らは恐ろしい怪異から少しでも逃れようと後退り、ついには壁際まで追い詰められてしまった。いや、そこは壁ではなく機能を停止したエレベーターの前だった。

「ゆ、ゆうちゃん……、ごめんね……。私が肝試しに行こうなんて言い出したから……。巻き込んじゃって、ごめん……」

「いいんだよ、瑠奈……。こんなところに一人で来させなくてよかった。君と一緒なら、僕はどんな場所だって平気だから……」

「ゆうちゃん……」

「瑠奈……」

バカップルは恐ろしい怪異に囲まれた状況でも無駄にアツアツだった。いや、むしろ、こんな危機的状況だからこそ熱くなってしまったのかもしれない。

どちらにしても、恋人のいない男子連中は一瞬、恐怖を忘れるくらいにイラッとした。

ガガガ……ガタン……。

彼らの背後で、錆び付いた機械が動き出すような音がした。

驚いて振り返ると、電気が通っていないはずの廃病院のエレベーターが稼働していた。そして、一階から何かが上がってこようとしていた。

これ以上何があるのか。彼らの恐怖は完全に飽和状態になっており、何の反応もできず、エレベーターのランプを見ているしかなかった。

ガタン……。

そして、エレベーターが三階まで到着してしまった。

一体、何が来たというのか。これ以上、どんな恐ろしい怪物が出てくるというのか。

彼らは固唾(かたず)を呑んで、開いたエレベーターの中を見つめた。

そこにいたのは……、

「う〜ら〜め〜し〜や〜……」

常夏の馬鹿がいた。

幽霊みたいな台詞をほざいているが、頭にはバナナの皮が載ったままだ。怖さなど皆無だった。むしろ失笑しなかった彼らを褒めてやるべきだろう。実はこの話の最初の段階から頭にバナナの皮が載っていたのだが、奴の一人称で話が進行していたために描写ができなかった。というより、意図的に排除されていた。

バナナの皮を頭に載せた顔見知りの幽霊を見て、一同は完全に言葉を失った。まさか、この状況で夏彦が現れるとは予想さえしていなかった。呆然としたまま沈黙が続いた。

そして、しばらくして男子の一人が夏彦に対して、こう告げた。

「……何だ、雨月かよ……。ビビって損した……」

「その冷め切ったリアクションは何だッ⁉」

廃病院に、馬鹿の雄叫びが響いた。

夏彦の存在に気付いた瞬間、彼らは全員、肩の力が抜けてしまった。恐怖など一発で吹っ飛んでしまった。

「お前、ホント空気読めよ……。今までの俺達の恐怖を返せ」

「何⁉　何なの、その反応⁉　恐怖を返せって何だよ！　お前ら、さっきまで泣き叫んでたくせに、何なの、その態度！」

「うっせぇよ！　この幽霊達、お前の仲間だろ？　追っ払えよ！」

「何で僕がそんなことをしないといけないんだよッ⁉　っていうか、僕の存在を少しくらいは怖がれよッ！　ほら、幽霊だぞッ！」

「いや、だって……」

彼らは顔を合わせて想いを一つにして、こう告げた。

『しょせん、雨月だし……』

「全員でハモってんじゃねぇよォォォォォォッ!!」

うがあああ、とない足で地団駄を踏む夏彦。とても愉快痛快な光景だ。

夏彦は存在そのものがギャグだ。ただこの馬鹿が一人いるだけで、もうシリアスな雰囲気など木っ端微塵に砕けてしまう。恐怖を、これまで積み上げてきた苦労を、一体何だと思っているのだろうか。

「ねぇ、雨月君♪」

「は、葉山さん！　な、何？」

「こいつら、追っ払って♪　お願い♥」

「よっしゃァァァァッ!!　任せてください!!　オラオラオラオラオラオラオラッ!!　てめぇら、さっさとどっか行けッ!!　しっ、しっ!!　ほら、さっさと消えるんだよ!!　あァ？　社長に怒られる？　いいんだよ、あんなの勝手に怒らせておけば!!　ほらほらほら、退散退散退散退散ッ!!　悪霊退散ッ!!」

瑠奈にお願いされた夏彦は、本当に無駄なくらい騒がしく幽霊達を追っ払った。

幽霊達も人形達も文句を言いたそうな顔をしていたが、夏彦があまりにウザかったため、仕方なく姿を消していった。そして、溢れ返っていた怪異の群れは一分足らずで完全に姿を消してしまった。

「やりましたよ、葉山さん！」

「あっ、このエレベーター動くよ。みんな、来て来て♪」

「って無視かよッ⁉」

瑠奈達は夏彦を放置して、稼働しているエレベーターに乗り込んでいた。病院のエレベーターは入院患者などの移動があるために広いので、彼らが全員乗っても重量制限に引っ掛かることはなかった。

「あっ、そうだ、雨月君。あの日の呼び出しのことなんだけど、あれ、悪戯だったの。ごめんね♪」

「じゃ、じゃあ、葉山さんは僕のことをどう思ってたの？」

「んん〜？　正直、キモイ」

「ギャアアアアアアアアアアアアアアアアアアアアアッ‼」

大絶叫を上げて床を転がる夏彦。さすがのリアクション芸だ。

そんな愉快な夏彦を笑い飛ばし、瑠奈はエレベーターの閉ボタンを押した。この小悪魔少女には罪悪感というものがないらしい。

幽霊よりも女の方が恐ろしいな、と男子一同は痛感した。

※

エレベーターは特に問題なく稼働して、彼らは無事一階まで戻ることができた。一階のエレベーター出口は受付ロビーに繋がっていた。そこからは廃病院の出口が見え、彼らは安堵の笑みを漏らした。

こうして彼らは一直線に出口に向かい、恐ろしい怪異が溢れる廃病院から脱出することができた。

『出られたァァァァァァァァァァッ!!』

「……ふふふ、よかったね」

『ぎゃあああああああッ!?　誰の声ッ!?』

背後から背筋を凍らせる声が聞こえ、彼らは一斉に悲鳴を上げて振り返った。

そこには、ニッコリと満面の笑みを浮かべたメリーがいた。

「ごめんね。人の背後に回って脅かしちゃうのって、私の悪い癖なの」

「メ、メリーさん……。何だ、無事だったんだ……」

「私も無事ですよ」

『ぎゃあああああああああああああッ!?』

「……失礼ですね、メリーさんと違って普通に現れたのに」

美冬は相変わらずの鉄面皮で彼らを睨み付けた。ある意味、このツンドラの化身の睨みは怪異達より恐ろしかった。

「いや、悪い悪い。でも、階段が崩れたのに、どうやって出られたんだ？」

「いえ、非常階段があったので、そこから」

「そ、そんなのがあったのかよ……」

普通に考えれば、非常階段はあって当然のものだ。しかし、非常階段を示す照明が点いていなかったため、その存在に気付けなかったのだ。

彼らははぐれた友人が無事だとわかって、ひとまず安堵した。しかし、まだ最初に廃病院に入った友人達は見つかっていなかった。その事実が彼らの心を曇らせていたが、再び怪異溢れる廃病院に入る勇気は湧き上がらなかった。

「あっ、そうそう。非常階段のところで、先行していた人達を見つけましたよ。気を失っていたんで、あそこまで運んでおきました」

「本当か⁉　よかったぁ……」

美冬が指差した先には、行方がわからなくなっていた者達がいた。実は運んだのは彼女達ではなく、クールぶった烏天狗なのだが、彼らにはその事実を知る術はなかった。

彼らはようやく心のつかえが取れ、気絶したままの友人の下へ駆け寄った。しかし、異変に気付いて彼らは足を止めた。

一、二、三、四、五……、五人しかいない。

一人、足りない……。

誰がいないのかはすぐに気付いた。そこにいた者達が全員、男子だったから。先行した者達は男子五人、女子一人だった。だから、いないのは女子一人。すなわち瓜子だけがいなかった。

「柿崎はどうしたんだ？」

「わかりません……。私達が見つけられたのは、五人だけでした……」

彼女の鉄面皮から表情を察することはできなかったが、声色はどこか戸惑っているように聞こえた。

一人だけ足りない……。

見つからない……。

どうして、こんなことが起きてしまったのだろうか。

彼らは絶望感に打ちひしがれた。全員が無事に脱出できたと思ったのに、どうして一人だけ足りないのか。彼女はどこに行ってしまったのか。彼らにはそれを知る術はなかった。

そんな時だった。メリーの携帯電話に着信があったのは。

「えっ？　瓜子……」

着信番号を見て、メリーは驚いたような声を上げた。

彼らもそれを聞いて、耳を疑った。瓜子からの着信をどう解釈すればいいのかわからなかった。無事だという知らせなのか、それとも……、もっと他の何か……。廃病院で彼らが遭遇したような怪異の続きなのか……。

「……とりあえず、みんなにも聞こえるようにスピーカーにしてみるね」

メリーは携帯電話の設定を変更し、瓜子からの着信を取った。

『おぉ、メリーか』

携帯電話のスピーカーで拡張された声は、紛れもなく瓜子だった。

聞き慣れた友人の声を聞き、彼らはほっと胸を撫で下ろした。とにかく瓜子は無事だったのだ。それは本当に喜ばしいことだ。これで肝試しの参加者全員の無事が確認できたことになる。

「瓜子、どこにいるの？　心配したんだよ」

『おぉ、すまぬ。つい寝過ごしてしまってな……、まだ家にいるんじゃ。今からそちらに向かうぞ』

「えっ？」

瓜子の言葉に、彼らは全員言葉を失った。

寝過ごした。家にいる。今から向かう。

瓜子は確かにそう言った。この場にいる全員がそう聞いた。決して幻聴ではなかった。

つまり、この電話を掛けてきた瓜子は、寝坊したために家にいて、この廃病院には来ていないということだ。

しかし、彼らは確かに目撃した。肝試しの説明をし、廃病院に入っていった瓜子の姿を。あれは間違いなく瓜子の姿をしていた。誰もが瓜子だと思っていた。しかし、瓜子本人はまだ家にいると言う。

では、最初に彼らの目の前にいた瓜子は一体何だったのだろうか。

『ぎゃあああああああああああああああああああああああああああッ‼』

深夜の廃病院に、夜闇を切り裂く悲鳴が響いた。

こうして彼らの長い夜は終わりを告げることになった。

翌日、廃病院の噂が爆発的に広まったことは言うまでもなかった。

うらめし屋の恐怖と笑いのショータイムはこれにて閉幕。

次回の公演には、もしかしたら貴方も巻き込まれるかも……。努々(ゆめゆめ)、夜道には注意を怠るなかれ。

第三章

そこに桃源郷があるのなら逝かねばならない、たとえ己が命に代えてでも。

「仕事の成功を祝して、乾杯じゃッ!!」

社長瓜子の音頭と共に、凄まじいラップ音が鳴り響いた。

いや、ラップ音デカ過ぎないか？　何故にこんな自己主張が強いの、ここの幽霊達は？　普通は乾杯っていうと、グラスを鳴らす音がするものだよな？　なのに、ほぼラップ音。一部悪ノリをして、別のラップみたいなラップ音を出してやがる。

一応、グラスを鳴らす音もしていたよ？　青坊主と赤坊主のコンビなんかは強くぶつけ過ぎて、ビールジョッキ割ったくらいだし。でも、それ以上に幽霊さんの数が多かった。ほら、廃病院のワンフロアを埋め尽くすくらいにいるからさ。

ここにいる幽霊のほとんどは、あの廃病院とは無関係だったりする。だって、あの病院自体は何の曰くもないから。僕みたいな地縛霊とか、現地でフラフラしている浮遊霊とかを瓜子が強制的に連れてきたのだ。

……あぁ、犠牲者の会を作って、訴えてやりてぇ。まぁ、無理だけど……。

それにしても、こっちの語り部の仕事の方が気楽でいいね。何ていうの、読者の皆様と繋がっている感じ？　いや、うらめし屋の仕事で僕が失敗したから、こんなことを言ってるんじゃなくて、僕は本心からそう思ってますよ。えぇ、本当に。

ちなみに、僕達が何をしているかというと、仕事の打ち上げ。まぁ、瓜子が最初に言っていたから、改めて言うことでもない気がするけど。

これが結構凄い規模である。旅館の宴会場を貸切りにしての大宴会だった。仕事の後は必ず大きな宴会を開くのが、うらめし屋の流儀らしい。幽霊やら妖怪やらが社員なので、この宴会が一つの給料代わりなんだそうだ。さすがに金をもらっても、僕達みたいな幽霊では使えないし、妖怪組も表には出られないし。

いや、だからってなぁ……。やはり、訴えれば勝てると思う。

まぁ、大いに楽しめるし、これも結構悪くない、ということで納得しておこう。少なくとも階段でボーッとしているよりは幾分かマシだった。これで瓜子に振り回されることがなければ最高なんだけど。

おっと、言い忘れていた。この温泉宿は組織関連の施設だそうだ。幽霊や妖怪の存在を知っている人達が運営しているので、多少羽目を外しても大丈夫みたいだ。

ということなので、僕もちょっと本気を出そうかな。

僕は未成年だが、それでも社会の荒波に備えていろいろと宴会芸をマスターしているのだ。こういうウケを狙うのは、僕の天職でもある。

「あっひゃっひゃっひゃっ～♪　ちょ～っっっとだけよ～♪」

「いいぞぉ～♪　脱げ脱げ～♪」

「もっとやれッス～♪」

宴会で爆笑必至の裸踊り。この僕の踊りを笑わない者はいない。

酔っ払い達の賛美の声が聞こえる。今この時こそ僕が主役である。会場の視線は僕に釘付け。見よ、この鍛え抜かれた僕の筋肉を！　あぁ～、見られる、この快感は最高だ！　よし、男の象徴を守る最後の砦も今ここで……。

「滅せよ‼」

「ぎゃあああああああああああああああああッ‼」

焼ける焼けるッ‼

パンツが燃えてるッ‼

大事な部分が大惨事にッ‼

「粗末なものを見せないでください。この世から消し去りますよ」

「最終的に脱ぐ羽目になったのは、お前が燃やしたせいなんだけどね‼」

畜生、どうして神崎まで宴会に参加しているんだ。

あの御札攻撃のせいで僕の勝負パンツが……。真っ赤なブーメランが……。これって弁償してもらえるのかな？　ええ、無理ですよね。知ってます。

いくら僕だって、パンツまで脱ぐ気はなかったのに……。っていうか、あの妖怪坊主コンビは人の不幸を大爆笑してやがるな、畜生。

「おい、夏彦」

「あァ？　何だよ、瓜子」

上座で偉そうに踏ん反り返っている瓜子が、全裸になった僕に声を掛けた。

「ふっ……」

鼻で笑いやがった！　下の方を見て。

「何がおかしいッ!?　何がおかしいッ!?」

「言っていいんか？　んん」

「やめて!!　僕のガラスハートは残酷な現実を受け止められない気がする!!」

言葉の暴力、よくない！

ノー、セクハラ！　ノー、パワハラ！

「いいからさっさと服を着てください。不快です」

「へ～い……」

神崎が怖いので、仕方なく脱いだ服に袖を通した。しかし、マイブーメランが消し炭になってしまったので、これからはノーパン生活だ。腹が冷えて、風邪引いたら、どう責任を取ってくれるんだ。

心と局部にダメージを受けた僕はフラフラと妖怪坊主コンビの下へ戻った。見た目はアレだが、こいつらは意外と気がいい奴らだった。話も結構合うし。

「がははは、災難だったな！」

「全くだ。神崎の奴、僕を殺す気か？」

「いいじゃないッスか。あんな綺麗な姉ちゃんに弄ってもらえて」

「いいもんか！　こっちは命懸けだぞ！」

妖怪坊主は他人事だと思って、暢気に笑っていやがる。

あぁ～、こっちはまだ火傷でヒリヒリしているのに。いや、これは火傷と言っていいのだろうか。まぁ、いいや。痛いものは痛いんだから。

「あの嬢ちゃんはあれッスよね⁉　流行りのツンデレとかいう奴」

何故知っている、青坊主。

「それは違う！　あれはデレがあるから萌えるんだ！　ツンだけじゃ萌えない！　奴は絶対零度のツンドラ女だ！　奴に萌えはない！　重要だから、もう一度言おう！　奴に萌えはない！」

「萌え萌えうるさいですよ、そこ」

「ほわっちゃあああああぁッ‼」

攻撃が来ると予想していれば回避など容易なのだよ、ツンドラ女。

御札アタックはもう僕には通じない。

「……甘いです！」

「へっ？　ふぎゃああああああぁッ‼」

「死に失せなさい、悪霊め……」

背中が萌えるように、ではなく燃えるように痛い。っていうか、御札が刺さって燃えてますすよ、この野郎。さっき避けたはずなのに、どうしてッ⁉

まさか、ブーメランなのかァァァッ⁉

畜生、僕のブーメランを燃やしておいて、この女は……。

っていうか、あぁ、消えてしまう……。成仏してしまう……。パトラッシュ、僕、もう疲れたよ……。もう未練とかないし、このまま眠ってもいいよね……？

「死ぬなァァァッ‼　生きろォォォ、友よォォォッ‼」

「衛生兵‼　誰か、衛生兵を呼んでくれッス‼」

「赤坊主……、青坊主……、親友のお前達に最期を看取ってもらえるなんて、僕は本当に幸せ者だ……」

「夏彦ォォォォォッ‼」

僕の身体が消えていく。

これが死という感覚なのだろうか。以前はあまりに突然で、あっという間のことだったから、全然実感はなかった。しかし、今回は自分の死というものが痛いほどに理解できる。

御札の刺さった背中から淡い光が溢れ、僕の身体は静かに浄化されていく。このまま現世ともお別れになるんだろう。それなりに楽しい一生だった気がする。いや、まぁ、一度、人生終わったけどね。チョロッとついたオマケも結構面白かったし。

さようなら、現世よ……。安らかに眠れる気がする……。

「はっはっはっ!! 死に芸とは、なかなか愉快じゃぞ!!」

「そうですね。やっぱり散り際っていいですね」

「……ZZZ……」

「……っていうか、いつの間にあんな仲良しになったんですか、あの三人?」

っていうか、あのクソアマどもめ……、ちっとは心配しろよ……。

※

「復讐だ、この野郎!!」

僕は拳を天高く掲げ、高らかに宣言した。

宴会終了後、奇跡的に一命（?）を取り留めた僕は、志を共にできると信じる仲間達を招集していた。場所は秘密。だって、瓜子や神崎にバレたら、間違いなく殺されるから。

これから僕達が行おうとする偉業は、決して誰かに知られてはいけない。特に瓜子と神崎には絶対に知られたら駄目だ。しかし、必ずやり遂げなければいけない。すなわち、ミッション・インポッシブル。僕達の命を賭けて、達成しなければいけない使命だ。

「復讐って……。お前にあの嬢ちゃんをどうこうできるのか?」

「無理に決まってんだろう!!」

断言できる。生きていようと、死んでいようと、僕が神崎に勝てるはずがない。あの女、容赦なさ過ぎなんだもん。

「じゃあ、復讐って何をするんスか?」

「馬鹿野郎ッ!!」

何故わからない、同志達!!

僕達が今、どこにいるかわからないのか!!

お前達なら、きっとわかってくれると信じていたのに!!

今、憎きあいつらが何をしているのか思い出せ!!

そうすれば、自ずと答えが出せるはずだ!!

「男たるもの、温泉でやることと言えば、一つしかないじゃねぇか!!」

「「――ッ!?」」

同志達の目に熱き闘志が滾ったのを僕は決して見逃さなかった。

温泉で熱き男達がやることは初めから一つしかない。いや、それをやらない奴らは男とは呼べないだろう。それくらい通過儀礼的な行為。僕達の熱いパトスを迸らせ、達成しなければならない大冒険だ。

「僕達の全ての力を合わせ、女湯を覗くぞッ!!」

「「おぉぉぉッ!!　兄者ァァァッ!!　一生付いていくぜぇぇぇ!!」」

この瞬間、僕達は真の友情で結ばれた。

崇高な目的のために結ばれた僕達の絆は、友情を超えた義兄弟の契りとなった。

多分、桃園の誓いを超えたと思う（わからない人は三国志を読んでね。あっ、演義の方ね。正史の方に無いから）。これから想像を絶する戦いが待ち受けているだろうが、僕達の絆があればどんな運命だって変えられる。

僕達は生まれも違うし、そもそも人間と妖怪の違いがある。だが、同年同月同日に生まれることを得ずとも、同年同月同日に死せんことを誓う。

死すべき場所は、遥か遠き理想郷だ。

聖杯を手にした円卓の騎士ガラハットが死したように、僕達も永遠のユートピアで死す。

僕達が目指すべき桃源郷に辿り着くまで、この絆が断たれることは決してない。

それと余談だが、桃園の誓いを結んだ義兄弟はみんな別々の日に死んで夢破れたそうだ。悲しい話だが、僕達には全く関係ないことだ。

※

同時刻。

夏彦曰く、僕達が目指すべき桃源郷にて。

絶対零度のツンドラ少女は空を仰ぎながら、ウンザリした溜め息を吐いた。

「……どこかで馬鹿が馬鹿と馬鹿な主張をしている気がします」

美冬の予感は大正解である。

馬鹿の行動には困ったものである。

「雨月君のこと？　どうせ覗きでもしようって、妖怪坊主コンビと盛り上がっているに決まってるよ。馬鹿というか、命知らずだよね」

メリーの予想は大正解である。

馬鹿の行動には困ったものである。

「はっはっはっ！　大丈夫じゃよ、二人共。覗き対策は万全になっておる。どんな展開になってもワシ的には愉快になりそうじゃ。あやつらはどこまで来れるかのぅ」

瓜子の対策は大正解である。

馬鹿の行動には困ったものである。

「……馬鹿は放置に限る。相手をするのは面倒……」

七曜の対応は大正解である。

馬鹿の行動には困ったものである。

女性陣は夏彦達の行動を予測しつつも、暢気に露天風呂を満喫していた。覗きに来るならドンと来い、といった堂々たる様子だった。


ちなみに、水も滴る美女四人の艶やかな姿についての描写はなし。

書くのが面倒という訳ではない。女性読者からのブーイングが怖い訳でもない。何故書かないと悔しがるボンクラの姿を想像するのが愉快だからという訳でもない。

今まさに決死のチャレンジャーとして女湯を目指す夏彦達と気持ちを共有するため、

あえてここで描写をしないのだ。挿絵だって入れさせない。

ザマァ見ろ。小説という文字媒体を存分に怨(うら)めばいいのだ。

「……それにしても、七曜さんの胸は大きいですね。一体どうすればそんな風に……」

「いや、ウチ、狐だから。化けてるだけ」

「はっはっはっ！　美冬殿はこの中じゃ一番残念な胸じゃからのぅ！」

「うるさいです。大体、私と社長では大差ないじゃないですか」

「むっ……、そんなことはないぞ！　ワシの方が一センチ大きいじゃろうが！」

「もう、そんな小さい差なんてどうでもいいじゃない」

「「黙れ、勝ち組！」」

サイズについては、先の会話で察してほしい。

勝者は常に余裕の笑みを浮かべ、敗者は虚しい戦いを繰り広げている。

温泉は公共の場なので、静かに入りましょう。決してボクシングをする場所ではありません。それと、グローブなしでの全力リバーブローは肋骨を折る危険性があるので、絶対に真似をしてはいけません。

「や、やるのぅ……、美冬殿……」

「ふっ……、伊達に陰陽師やってませんよ」

最近の陰陽師は随分と肉体派だ。

「まぁ、おふざけはこの辺にして、うらめし屋の初体験はどうじゃった？」

「そうですね。馬鹿どもが泣き叫ぶのを見るのは実に愉快でしたよ」

「はっはっはっ！　ヌシも悪よのぅ！」

「社長ほどじゃないですよ。ふっふっふっ……」

夏彦が恐れる女性ツートップは、邪悪な笑みを浮かべて見つめ合った。どこかの代官や越後屋より悪そうな顔だ。

二人はしばらく悪そうな笑顔をしていた。しかし、それもおかしくなったのか、ふっと肩の力を抜いて普通に微笑んだ。そして、先日の廃病院での話で盛り上がる。

「何があっても驚かないつもりだったんですが、あのドロップキックには度肝を抜かれましたね。何ですか、あれは？」

「あぁ、あれは一般人向けというより、管理者殿を笑わす一発芸じゃな」

瓜子は全く悪びれずに言い放った。

たまに変なウケを狙いにいくのは、うらめし屋の悪い癖だった。ちなみに、そのウケ担当とは、女湯覗きに奮闘している馬鹿三人組のことだ。あと、朧車もウケ担当に回る場合がある。

「油断も隙もあったもんじゃないですね」

「でも、美冬さんは表情一つ変えなかったじゃない」

表情筋がないとさえ噂されるクールビューティは、突然のフライング・ドロップキックでも眉一つ動かさなかった。むしろ、冷静に観察してドロップキックの評価までしていた。

「一応、驚いてはいましたよ」

「説得力がないよ」

「全くじゃ」

美冬のリアクションが全くなかったので、うらめし屋メンバーは非常に残念がっていた。

「別に私のことなんてどうでもいいじゃないですか。それより、あの幽霊と人形は七曜さんの妖術ですか？」

「んっ……。幽霊を一般人でも見えるようにしたのはウチだけど……」

「人形の方は私だよ」

メリーは可愛らしく挙手しながら言った。

彼女は、「メリーさんの電話」の都市伝説から生まれた現代妖怪だった。ただ、彼女の場合、外国人形の付喪神ではなく、多くの人間の恐怖が具現化した妖怪。「メリーさんの電話」の象徴存在と言った方がいいだろうか。

能力は二つ。その一つは先の廃病院で見せた人形操作。もう一つは、電話を通じてあらゆる者と交信する能力。

「へぇ、メリーさんの力も侮(あなど)れませんね」

「そうでしょう？　現代妖怪ではトップクラスの実力だもん。私と七曜さんの力を合わせれば、どんな人だって恐怖で泣き叫ぶよ」

「確かに、あの追い込みは大迫力でした。でも、馬鹿が出てきたせいで全てぶち壊しになりましたね」

「まぁ、しょせん夏彦じゃからな。はっはっはっ！」

「そうですね。しょせん雨月ですし」

夏彦を馬鹿にする話題は非常に楽しかった。彼のことは実に話のネタにしやすかった。おそらく存在そのものがギャグだからだろう。

※

「へっくしょい！　へっくしょい！」

何だか誰かに悪口を言われた気がする。

人数的には二人だろうか？　いや、何だか他のところからも馬鹿にされている気がする。

「どうした？　兄者、風邪か？」

ヒゲだらけオッサンに兄呼ばわりされるって違和感あるな。まぁ、いいけど。

「……っていうか、幽霊って風邪引くのか？」

「そんなことはどーでもいいッス！　もう社長達は女湯にいるんス！　今は一分一秒だって惜しいんスよ！」

どーでもいいとか言うなよ、義兄弟……。

まぁ、だが、青坊主の主張は全面的に正しい。僕は一分一秒一コンマでも長く、女体の神秘を網膜に焼き付けるという使命がある。時間の浪費は避けるべきだ。

「青坊主の言う通りだ！　行こう！　たとえ、この身が朽ち果てようとも魂となっても、女湯を覗いてみせる！」

「がははは！　夏彦はすでに幽霊じゃねぇか！」

「やかましい！　さっさと行くぞ！」

僕達は果てなき理想郷を目指して駆け出した。

この温泉宿は、幽霊やら妖怪やらが自由気ままに跳梁跋扈（ちょうりょうばっこ）できるような場所だ。

それゆえ、人里から離れた山奥にあり、周囲はどこを見渡しても緑一色だった。いや、夜中なので黒一色という方が正しいかもしれないが、幽霊の視力だと暗くても普通に緑に見える。これ、どういう仕組みだろう？　まぁ、どうでもいいか。

ユートピアはまるで僕達を拒むかのように断崖絶壁の頂にあり、そこへ至るまでの道のりは遠く険しかった。それにしても、何でまた、あんな高いところに作りやがったんだろう。あれでは簡単に覗けないではないか。

浮遊していこうにも、あまり高く飛べないというか、地面から大きく離れられない。幽霊の身体でも重力の影響があるみたいだ。

そもそも断崖絶壁にまで到達するのだって大変だ。まずは温泉宿を出てから大きく迂回し、森の中を突っ切る必要があった。

「……んっ？　あれは……」

視線の先に奇妙な存在を見つけ、僕達は思わず足を止めた。

ここは未踏の森の中だというのに、無駄に極彩色な感じの変な物体があった。

「あ、あれは……、朧車ッ⁉」

「えっ？　あれが⁉」

僕が知っている朧車は、萌え鬼っ娘仕様の痛車だ。

しかし、あれは邪悪な波動を放ち、怒り狂った夜叉のような顔がペイントされたラリーカーだった。バンパーの辺りに物々しいトゲが付いているように見えるんだけど、あれは一体何のために装備されたのだろうか。

うーん、何というか、あちらの方が朧車っぽいな、特に鬼の顔が。時代による変化は残酷かもしれないが、時代に逆行するのはよくないと思うんだ。

「お、怒ってるッス⁉　あれは『お前を轢き殺してやるぞ、こん畜生モード』ッス‼　普段より攻撃力が三倍になっているッス‼」

「……な、何で怒ってるんですかね、朧車さんは……」

「い、いや、今、某達がしようとしていることを知っているから、とか？」

「は、ははは、まさか……ッス」

僕達は相談する振りをして、朧車さんの様子を窺った。

確かに、あれは貴様を殺すという強いメッセージを感じる顔だった。そして、その朧車さんの視線は確実に僕達に向いていた。多分、その視線と一緒に殺意も向いているのだろう。

つまり、あれは僕達の障害だ。

乗り越えなければならない敵なんだ。昨日の仲間が今日の敵になるとは、なんて世界は残酷なんだ。求めるものがあるからこそ戦わなければいけないのか。

だが、僕達は決して諦める訳にはいかない。この命、一体何のために燃やすというのか。決まっている、僕達のユートピアへ向かって駆け抜けるためだ。

「……行こう、義兄弟！　僕達は一瞬たりとも立ち止まれないはずだ！」

「がははは、そうだったな！　某達はこんなところで死ぬ訳にはいかん！　某達の極楽浄土に至るまで、何があろうと生き延びる！」

「拙僧(せっそう)達、義兄弟の力を合わせれば、どんな困難にだって打ち勝てるッス！」

義兄弟の絆を断てる者などいない。

僕達は恐れずに立ち向かった。その先に僕達の希望があると信じて。

※

「……どうやら始まったみたい」

ピクッと七曜の狐耳が動いた。馬鹿達が馬鹿な戦いを始めた音が聞こえたのだ。

どうして命を懸けて女湯など覗こうとするのだろうか。やる気という言葉を辞書から破り捨てた七曜には、まるで理解ができなかった。

「おぉ、そうか！　七曜、すまんが、映像を出せるかのぅ？」

「ふぅ……」

社長命令なので仕方ない。七曜は面倒臭そうに溜め息を吐いた。

七曜が吐いた白い溜め息はグニャリと形を変えると、一瞬のうちに黄金のキセルとなっていた。彼女はキセルを手に取ると、口に銜（くわ）えて吸った。

そして、白く大きな煙を吐き出した。すると、煙はまるで巨大なスクリーンのように広がっていった。その白いスクリーンに、奮闘する馬鹿達の姿が映った。

『ぎゃあああああああああああああああああああああッ!!』

「うわぁ～、本当にやってるよ……」

「馬鹿ですね……」

スクリーンには、殺戮形態の朧車に追われている馬鹿三人の醜態が映っていた。

『ふぎゃあああああああああッ!!』

「あっ、夏彦が轢かれたのぅ」

「死んだかな？　あの状態の朧車は霊体にもダメージを与えられるから」

「いえ、まだ生きてますね。というか、雨月の場合、生きているという表現は違う気がするんですが……。う～ん、まぁ、どうでもいいですね。ちっ……、さっさと死ねばよかったのに……」

馬鹿達の奮闘は続いている。

地理的には木々が乱立する森の中なので、朧車の方が不利だった。しかし、馬鹿達は基本的にノースキルなので、一方的にやられるしかなかった。今度は青坊主が轢かれた。

『ぐえええぇぇッ!!　し、死ぬッス……』

「……あれ、そのうち本当に死んじゃうんじゃない？」

「まぁ、その時はその時じゃ」

社員を預かる者とは思えない鬼畜な発言だった。労働基準監督署に訴えられたら大変だろうが、生憎と幽霊と妖怪は対象外だろう。今度は赤坊主が轢かれた。

『ぎょえええええええぇぇぇぇッ!!』

「……そういえば、社長さん」

「んっ？　何じゃ、美冬殿」

瓜子はスクリーンから視線を逸らし、美冬の方を向いた。

それにしても、スクリーンの映像が随分酷い絵面になってきた。スプラッタ映画も真っ青な状況になっても彼らが死なないのは、この話自体がギャグだからだ。ギャグではどんな酷い目に遭っても死なない。

ギャグキャラは大変だ。しかし、これも仕事なので頑張ってほしい。現実社会の仕事だって相当に理不尽だ。

『ふんがっちゃあああぁッ!!』

「社長さんは……」

『じゃばらあああああッ!!』

「どうして……」

『あばばばばばッ!!』

「やかましいです。音声切ってください、七曜さん」

「はいはい……」

　音声カットをされたが、惨劇は今も続いている。しかし、馬鹿達は諦めない。彼らのスケベ根性はある意味、称賛に値するかもしれない。

「それで、何じゃ?」

「社長さんがどうして、瓜子と名乗っているか気になって……」

　美冬はずっと疑問に思っていたことを尋ねた。

　瓜子という名前に疑問を持ったのは、美冬だけではなかった。夏彦も以前何かで聞いた覚えがあって疑問に思っていたが、瓜子に振り回されている間に忘れてしまったことだ。

　彼女が疑問に思った理由は、とある昔話に由来する。その昔話を知っていると、天邪鬼の彼女が何故、瓜子なのだろうかと感じる。

「んっ?　どうしてって……本名じゃが」

「……もしかして、偶然なんですか？」

「何を言いたいのか、さっぱりじゃよ」

「いや、社長さんは『瓜子姫と天邪鬼』って昔話を知らないんですか？」

「いや、知っておるが」

「…………」

「はっはっはっ！　すまんすまん！　つい天邪鬼の性でなぁ……」

瓜子はスクリーンに映っているような惨劇が今ここでも起こりそうな気がしたので、天邪鬼の性を捨てて素直になると決めた。

「美冬殿の察しの通り、ワシの名前は瓜子姫から頂いたものじゃ」

「じゃあ、やっぱり偽名なんですか？」

「いや、それは違う。瓜子姫本人から、その名をもらったんじゃよ……」

「…………」

美冬は珍しく鉄面皮を崩して、複雑そうな顔をした。

昔話、『瓜子姫と天邪鬼』——。あまり有名ではないが、全国区で伝えられている昔話だった。瓜から生まれた姫君の物語なのだが、物語の流れには幾つものパターンがあった。結末も地方によって異なり、主人公である瓜子姫が殺されるパターンが数多く存在した。

瓜子姫が殺されるパターン。すなわち、もう一人の登場人物である天邪鬼に殺されるという結末だ。

うらめし屋の社長瓜子が昔話の瓜子姫から名前をもらったということは、彼女を殺して得たものということなのだろうか。

そう考えると、美冬でなくても眉をひそめたくなるだろう。

「……美冬殿。悪いが、その考えは違うぞ」

「えっ？」

「ワシは瓜子姫を殺しておらん。彼女は、ワシにとって初めてできた友達だったんじゃからな……」

そう言いながら微笑む瓜子の表情はどこか寂しげだった。

瓜子は美冬から視線を逸らし、しばらく遠くを見つめて感慨にふけっていた。悲しげな彼女の様子を見ていると、美冬のみならず他の二人も言葉を失い、時間を忘れて瓜子を見守ってしまった。

そして、一体どれだけ時間が経っただろうか。瓜子は過去の想い出に向けた瞳を現実に戻し、ゆっくりと口を開いた。

※

「よっしゃぁぁぁッ!! 生き残ったぞぉぉぉッ!!」

生きている素晴らしさを太陽に向かって叫んだ。

まぁ、僕はもう死んでるけどね。でも、朧車に何度も轢き殺されそうになった後なんだから、自身の無事を祝して叫びたいんだよ。っていうか、どうして無事だったんだろう。

天が僕達に女湯を覗けと言っているのかもしれない。

安心してほしい。僕達は命に代えてでも天命を全うすると誓う。

「朧車の奴、谷底に落ちていったけど大丈夫か？」

同じく、散々酷い目に遭ったのに死ななかった赤坊主がぼやいた。

先程まで僕達を追い回していた朧車は、勢い余って谷底に突っ込んでいった。僕達もずっと森の中を走っていたつもりだったので、いきなり目の前に谷が現れて危うく落ちそうになった。しかし、崇高な使命を持った僕達は天に味方され、何とかその場に踏み止まることができた。

「……まぁ、多分大丈夫だろ。朧車だし」

何の根拠もないが、無事なのは間違いない気がする。

「まぁ、朧車は後で助けに行くとして、拙僧達はしっかりと目的地に向かっているッスか？」

「ん～、多少道はズレたけど、大丈夫だ！　行くぞ、義兄弟！」

僕は天空を貫くような大絶壁を指差し、高らかに叫んだ。

あの天空城の秘宝をこの目に焼き付けるためなら、僕達はどんな困難にだって立ち向かえる。たとえ、かつての仲間を見捨てることになっても、涙を拭って邁進しなければいけない。

僕達は迷わず崖の方へと走り出した。崖に近付くにつれて森の木々が減っていき、徐々に開けていった。しかし、それが僕達の油断に繋がった。

カチッ……。

何かスイッチを押したような音がした直後、僕達は大爆発に巻き込まれてしまった。

「ぎゃあああああああああッ!!」

「うおッ!?」

あっ、僕は痛くない……。

幽霊だから、こういう物理的な攻撃は通じないようだ。

死んでてよかった、本当に。人間のままだったら確実に死んでた。

「じ、地雷か？」

　大きく抉れた地面を見て、僕はそう判断した。

　実際に地雷の爆発を見た経験などないが、地面に抉れた跡が残っているということは地雷の可能性が高いと思う。

　赤坊主と青坊主の安否はどうしたって？

　心配など初めからしていない。死すべき時を同じくと誓った義兄弟が先に逝くこと
などあり得ないからだ。いや、まぁ、本家の方は兄者を置いて先に逝ったけど。正直
あいつらの安否とか、心底どうでもいい。

「こ、これは……、グレムリンの仕業か？」

「そうッスね。こういう機械系は大体、あの腐れウサギの仕込みッスよ」

　あっ、生きてた。しかも、あの爆発を受けても五体満足。丈夫だな。

　機械的なトラップということは、今回、僕は安全そうだな。あぁ～、よかった。朧
車の時は、妖怪アタックだからダメージ大きかったが。

「……慎重にいかないと、本気で死ぬな」

「そうッスね……。匍匐前進で行った方がいいッスね……」

　妖怪坊主達は地面に膝を突き、注意深く地面を観察した。

　木々が少なくなってきて周囲は広くなってきたが、地雷が埋められていそうな範囲

も広くなっていた。しかも、注意深く観察すると、糸が張り巡らされているところもあって、他のトラップの存在もあるようだ。

普通の人間がここに迷い込んだら、あっという間に死ぬな。グレムリン、こんな危険なトラップを仕掛けていいのかよ。……僕、本当に死んでてよかった。

「よし、僕は先行くな～」

フワフワと空中に浮かびながら先へ進んだ。

さらば、義兄弟。君達の犠牲は決して忘れないから。女体の神秘はこの僕がしかと見届けるから安心して逝ってくれ。

幽霊の僕は地雷なんて気にする必要ないし、サクサクと進んでしまおう。

「「待てや、コラ‼」」

「えっ？　何？　急いでるんだけど」

僕のエル・ドラードが待っているんだ。邪魔をするなよ、義兄弟達。

「何一人で先に行こうとしてんだ、あァ」

「そうッス、そうッス！」

「いや、だって時間ないし。お前達の犠牲は無駄にしないから、じゃあな」

義兄弟に言葉は必要ない。想いは言葉にしなくても伝わるのだ。

彼らは快く僕を送り出して……、

「ざけんな、てめぇ！　抜け駆けなんざ許さねぇぞ！」

「そうッス、そうッス！」

……くれないな、畜生。義兄弟の絆はどうなったんだ？　この野郎。

「馬鹿野郎、一人の悦びはみんなの悦びだろう！」

「ンな訳あるかァァァッ!!」

くそっ、さすがにここで誤魔化されるほど馬鹿ではないか。

だが、僕とて今ここで退く訳にはいかない。

「くっ……、お前達の犠牲は無駄にしない！　さらば、義兄弟！」

「ざけんな、てめぇぇぇッ!!」

義兄弟の屍を乗り越えてでも、僕は行かなければいけないんだ。

同年同月同日に死すって何ですか？　それ美味しいの？　僕、知らない。

うっひゃぁぁぁ～～♪　は・だ・か♪　は・だ・か♪　裸が見れるぞぉ～～♪


「って、ぐぎゃあああああああああッ!!」

この痛み、塩ですかッ!?

散々酷い目に遭ったので、僕は痛みでどんな攻撃を受けたか理解できるのだ。全く無駄なスキルだと思う。もっと攻撃を回避できる力ないかなぁ……。

「んっ？　よく見ると、上の方はワイヤーが張られているな。そこに除霊用の塩がまぶされていたのか。幽霊がここを通ると、ワイヤーについた塩でダメージが入るって仕組みか。……あっ、しかも、このワイヤーに力が掛かると茂みに隠された矢が飛ぶようになってやがる……」

「ただのワイヤートラップなら塩はいらないッス。この塩は間違いなく夏彦対策ッスね。信用されてないッスね」

「お、お前ら、もっと心配しろよ……」

義兄弟の苦しみはわかち合うべきだと思うぞ、僕は。

「これで抜け駆けできんな」

「ザマァ見ろッス」

こ、こいつらァァ……。

「とにかく死にたくなかったら、慎重に行くぞ」

赤坊主は地雷に注意しながら匍匐前進で進み出した。

……慎重？　それでいいのか。本当に慎重に進むことが正しいのか。

いや、違う。僕達は慎重になってはいけない。それじゃ駄目なんだよ、僕達は。

「慎重になんてなるな、馬鹿野郎ッ!!」

「「――――ッ⁉」」

「命を惜しみ、駆け抜けることを恐れるなッ‼　ここで保身に走ったことによって、僕達のエデンが無人の園になってもいいのかッ⁉　たとえ、己が命を捨てることとなっても、遥か遠き理想郷に逝くと誓っただろうがッ！」

「な、夏彦……。お前の言う通りだ。某は命惜しさに大きな過ちを犯すところだった……。すまない……」

「せ、拙僧も間違っていたッス！　あの理想郷に行けるなら、拙僧達の命なんていくらだって捨てられるッス！」

「わかってくれたか、お前ら……」

僕達義兄弟はガシッと固く抱き合い、自らの絆を確かめ合った。己の愚かさに涙し、新たな決意を以て立ち上がった。たとえ、死ぬことになろうとも魂だけとなっても桃源郷に辿り着かなければいけない。

だから、僕達は迷わず真っ直ぐに地雷原へと突っ込んでいった。

……まぁ、僕は爆発喰らっても痛くないし。低空飛行すれば、ワイヤートラップとかも関係ないし。何より両隣にでかい奴がいて壁にあるから、他に何があっても安全なのである。

「「ふぎゃあああああああああああああああああッ‼」」

義兄弟達の犠牲は無駄にしない。

※

「あ〜……、まずは何から話せばいいんじゃろうかのぅ」

　瓜子は口を開いたが、言うことが全くまとまっていなかったことに気付いた。

　美冬から問われたのは、瓜子の名前の由来。それに答えるため、親友である瓜子姫から名前をもらうことになった経緯を話そうとしたのだ。

　さて、一体何から話すべきだろうか。まずは瓜子姫との関係について話した方がいいだろうか。いや、それよりも先に『瓜子姫と天邪鬼』という昔話の説明がいるかもしれない。この質問をしてきた美冬は当然その昔話を知っているだろうが、一緒に話を聞いているメリーは知らないだろう。

「ふむ。ワシの話の前に、美冬殿……」

「何ですか？」

「メリーが昔話の方を知らんと思うんで、簡単に説明してやってくれんか？」

「何で私が……」

　美冬は相変わらずの無表情だが、声は明らかに不満そうだった。

「ワシはこれから長話をしないといけないいんじゃぞ。少しは負担を軽減してくれんかのう？」

「美冬さん、お願いできないかな？」

「……仕方ないですね」

瓜子に頼まれると反発したくなるが、メリーに頼まれると何となく断りづらかった。

美冬は渋々ながらも、昔話『瓜子姫と天邪鬼』の概要について説明した。


この昔話は幾つかの派生パターンがあるが、話の流れには大きな変化はなかった。

まず、桃太郎と同じように老夫婦が大きな瓜を見つけることから話が始まり、その瓜から女の子が生まれる。そして、瓜から生まれた女の子は、瓜子姫と名付けられて美しく成長することになる。

美しく成長した瓜子姫は領主に結婚を申し込まれ、老夫婦は花嫁道具を買うために街へ出掛けることになった。瓜子姫は留守番を命じられ、誰が訪ねてきても決して出てはいけないと言われた。しかし、留守番中の瓜子姫の下を訪れたのが天邪鬼だった。

天邪鬼は言葉巧みに瓜子姫に取り入り、彼女を連れ出すことに成功する。

そして、瓜子姫は天邪鬼に殺され、天邪鬼は瓜子姫に成り変わってしまった。

街から帰ってきた老夫婦は天邪鬼の変装に気付かず、そのまま嫁入り当日になる。

しかし、嫁入りの途中で、殺された瓜子姫の骨から化生（かせい）したカラスの密告によって天邪鬼の正体が白日の下に曝される。正体に気付かれた天邪鬼は殺され、話は終了となる。

　主要人物である瓜子姫、天邪鬼は共に死亡してしまい、とても「めでたしめでたし」とは言えない終わり方だ。東関東では瓜子姫が死ぬパターンが多いが、西関東では瓜子姫は生き残って普通のハッピーエンドとなるパターンもある。


「……瓜子、貴方がそこまで外道だったとは思わなかったよ」

　昔話を聞き終えたメリーは、軽蔑したような眼を社長に向けた。

「だから、違うと言っておるじゃろう！　ワシはそもそも瓜子姫を殺しておらんし、あやつとは友達だったんじゃ！」

「天邪鬼の話なんて基本的に信じられないよ」

　メリーは深々と溜め息を吐きながら言い捨てた。

「お〜お〜、いい態度じゃのぅ！　ヌシの給料を差っ引くぞ！」

「あ、あははは！　冗談だよ、社長！　社長秘書の私が、社長である瓜子を信じないはずがないじゃない」

「ったく、調子がいいのぅ……」

　瓜子は腹立ちついでに水鉄砲をメリーに撃ちつけた。

この社長秘書はたまに社長を敬わない態度を見せる。いつかしっかりと調教した方がいい、と瓜子は思った。

「で、実際はどうだったんですか？　瓜子社長」

「だから、親友だったんじゃよ。瓜子姫を殺したのは、別の天邪鬼じゃ」

「本当ですか？」

「当たり前じゃ。というか、昔話と現実を混同するな。……まぁ、瓜子姫の話は、ワシらの間に起こった出来事が元になっているようじゃが、実際に起きたことから大分脚色されておるよ。さっきも言った通り瓜子姫を殺したのは別の天邪鬼じゃった。しかし、どこからかフラっと現れた奴に殺されたというより、仲良く遊んでいた天邪鬼に殺されたという方が、話として面白いじゃろう？　つまりは、そういうことじゃ。悪者はいつだってワシらの役割なんじゃよ」


数百年以上も昔。とある山奥に嫌われ者の天邪鬼がいた。

同じ天邪鬼仲間からも嫌われ、いつも独りぼっち。どこへ行っても爪弾き(つまはじき)にされ、疎ん(うと)じられて石を投げ付けられる。仲間外れにされていた理由は今となっては思い出せない。何か理由があったかもしれないし、何も理由はなかったかもしれない。

そんな嫌われ者の天邪鬼が出会ったのは、瓜子姫と呼ばれた少女だった。

彼女が瓜から生まれたかどうかは知らない。姫という身分には見えなかったが、年老いた夫婦からは目に入れても痛くないくらいに可愛がられていた。

初めはただの鬱陶しい奴だと思っていた。人の縄張りに勝手に入って、暢気に遊ぼうと言ってくる。何度も悪戯をしてやったが、それでも瓜子姫はいつも楽しそうに天邪鬼の下へと訪れた。遊ぼう遊ぼう、と懲りずに言い続けた。

何故、こいつは自分のことを構おうとするのだろうか。天邪鬼にとって瓜子姫は理解不能な生き物だった。しかし、いつしか瓜子姫の存在は天邪鬼の中で大きくなっていた。

「……ワシは初めて他人のために柿を取ったんじゃ……」

「柿、ですか？」

「あぁ、柿じゃ……」

天邪鬼は過去を懐かしみながら言った。

この不思議な生き物のために柿を取った。そんな行動をした自分自身が全く理解できなかった。今までなら、柿を取っても瓜子姫にぶつけていたはずだ。

しかし、その日は瓜子姫に贈るために柿を取った。

贈り物などをしたことがなかった天邪鬼は、どうすればいいのかわからなかった。

だから、ただじっと柿を持ったまま瓜子姫を睨み付けた。

瓜子姫はそんな天邪鬼を不思議そうに見つめたが、いつもの天真爛漫な笑みを浮かべて天邪鬼に近付いた。

天邪鬼はますますどうしていいのかわからず、石のようにその場に座り続けた。

いつもは遊ぼうと五月蠅(うるさ)い瓜子姫は、その日に限っては何も言わなかった。ただ天邪鬼が何かを言うのを待ち続けた。

結局、天邪鬼は何も言えなかった。しかし、ぶっきらぼうに柿を瓜子姫に押し付けるとその場から逃げ去ってしまった。

次の日から、瓜子姫と天邪鬼は親友になった。

「……ワシは天邪鬼の中でも嫌われ者じゃった。無論、瓜子姫の爺さんも婆さんもワシのことを嫌っておった。だから、留守にしている間は誰も入れるな、と瓜子姫にいつもきつく言い聞かせていたんじゃ」

瓜子姫が怒られる姿は見たくなかった。だから、天邪鬼は留守中に近付くことはなかった。しかし、そんな天邪鬼の行動を利用する者が現れた。

もう一人の天邪鬼だ。

そのもう一人の天邪鬼は、さも友人の天邪鬼のように装って瓜子姫を誘い出した。

そして、それから先の話は説明不要だろう。瓜子姫はもう一人の天邪鬼の手によって瀕死の重傷を負わされた。友人の天邪鬼が瓜子姫を見つけた時、すでに彼女は虫の息だった。

「全く、あやつは馬鹿じゃ……」

天邪鬼はせいぜい変化の術が使える程度の妖力しか持っていない低級妖怪だった。死に掛けた人間を助ける力など持っていなかった。

「ノコノコと他の奴に騙されて死んじまいおった……。天邪鬼なんぞと友達になどならなければ、あやつも死ぬことなどなかったじゃろう……。人間が妖怪と関わってもロクなことにならんのじゃよ……」

「社長……」

「瓜子……」

社長の頬を伝う涙を見て、美冬とメリーはそれ以上言葉を掛けることができなかった。

「まぁ、あとはさっき話した通りじゃ。あの当時のワシには名前なんてなかったからのぅ。それを不憫（ふびん）に思っていたあやつが死ぬ間際に自分の名前をワシにくれたんじゃ。ワシはこんなみみっちい名前などいらんと言ったんじゃがな……」

あの時の光景はいつ思い出しても、胸が締め付けられるようだった。

血塗れの瓜子姫。握った手がとても冷たかった。まるで氷のようだった。太陽みたいに優しく温かい彼女の手が、どうしてこんなに冷たくなったのか、天邪鬼は理解できなかった。

ぎゅっと握り締めた。そうすることで瓜子姫の手が少しでも温もりを取り戻してくれると信じて。しかし、彼女の手はどんどんと冷えていくだけだった。

そして、瓜子姫は死ぬ間際に天邪鬼にこう言った。

――ねぇ、貴方。名前のない貴方。妾(わらわ)の名前をあげるよ。だから、これからは貴方も瓜子だよ？　お揃いの名前……。ふふ、前よりずっと親友っぽいね……？

瓜子姫は最期の瞬間まで笑顔だった。

天邪鬼が……、瓜子が大好きだった笑顔のまま瓜子姫は静かに息絶えた。

もうこんな悲しいことは嫌だ、と天邪鬼は願った。ただ平和に生きている人が妖怪に殺されることが、どれだけ残酷なことか知ってしまった。

だから、天邪鬼の瓜子はそんな悲劇を止めるために行動を起こすようになった。

人間が妖怪の縄張りに近付かないように方々で嘘の噂を流したり、妖怪が人を襲わないように説得したり、彼女ができる全てのことをした。そうして彼女の理念に賛同した仲間達が現れ、今のうらめし屋が設立された。

さすがにそこまで話すのは恥ずかしかったので、瓜子は涙を拭いながら黙り込んだ。

「ふっ……、つまらぬ昔話をしたのぅ」

「いいえ……。そんなことはありませんよ……」

美冬は静かに首を振り、ゆっくりと空を指差した。

「つまらないのは、あぁいうのを言うんです」

空のスクリーンには、馬鹿達が地雷原を特攻する映像が流れていた。

それを見た瓜子は先程までのブルーな気分が一気に吹っ飛んだ。いつの時代も馬鹿な奴らは人の度肝を抜いてくれる。いや、笑いをくれると言った方がいいかもしれない。

泣いているより笑っている方がいい。

最期の瞬間まで笑顔でいた瓜子姫もきっとそう思っているはずだった。

「全くあやつらは……、本っ当に馬鹿じゃのぅ……」

「えぇ、本当に……」

※

さらば、義兄弟……。

いくら馬鹿でもグレムリンのトラップ地獄を突破することはできなかった。

というか、殺人トラップが地雷だけじゃなかったってのが駄目だった。まさか地獄の地雷原を抜けた後に落とし穴があったなんて……。

いやぁ～、本当に幽霊でよかった。生きていたら、むさ苦しい妖怪坊主と一緒に落とし穴の中でもがいていただろうし。

運悪くグレムリンの罠にはまった義兄弟は生き残った僕を快く送り出して……、

「てめぇぇぇッ!! 一人だけいい目見ようなんて許さねぇぞォォォッ!! 途中で酷い目に遭っちまえッ!!」

「そうッス!! どうせ馬鹿は一人じゃ何もできないッス!!」

……くれなかったが、別にいい。馬鹿の戯言に耳を貸す必要なんてない。

義兄弟ゴッコもここまでだ。理想郷に辿り着けるなら、家族だって犠牲にするのだよ。お前達の屍はヒョイッと乗り越えさせてもらう。

「HAHAHA♪ お前達の犠牲は無駄にしないZE♪」

「「うっぜぇぇぇッ!!」」

負け犬の遠吠えってのは実に愉快だな。

落とし穴の底から聞こえてくる怨嗟の声を無視して、僕は迷わず前進した。そして、二度と振り返ることはなかった。だって、妖怪坊主のことなんて、どうでもいいし。

地獄のトラップゾーンを抜けると、ようやく目の前に断崖絶壁が現れた。

この遥か高き頂の上に僕のユートピアがある。

……それにしても、この岩壁は凄いな。ほとんど垂直に近いし、掴めるところなんて全くない。世界標準のプロクライマーだとレンガの溝みたいな数ミリ単位の取っ掛かりがあれば登っていけるというが……、そんな溝さえ見えない。っていうか、意図的に登れないように削ぎ落とされている感じだ。

人間のままだったら、絶対に登れなかっただろう。だが、今の僕は幽霊なので重力を無視して空へと上がっていける。ははは、死んでてよかった。

さぁ～って、この断崖絶壁を登れば、理想郷に到達することができる。

「うっひゃっひゃっひゃっひゃっひゃ～♪　やべ～、よだれが止まらねぇぜぇ♪　あの憎たらしいクソアマの艶姿をしっかり網膜に焼きつけてやるぜ♪」

「待て、そこの馬鹿」

「――ッ⁉」

やはり、ここでも僕の邪魔をする外道がいやがったか……。

「……すかし天狗か」

「誰がすかしだ。この馬鹿」

僕の前に現れたのは、すかし天狗こと箝天坊。

クールぶっているが、弄られ担当だ。だから、どちらかと言えば、馬鹿寄りタイプだと思うんだが、七曜の姉ちゃんの次に強いとか言っていた気がする。

「ここは通さん。お前の戦いはここで終わりだ」

「て、てめぇ……、男の浪漫がわからないって言うのか⁉」

「あそこにはメリーもいるんだ。貴様のようなボンクラに、彼女の美しい身体を見せる訳にはいかん！」

「く、くそがァ……」

まさか、こんなところで万事休すか……。

いや、まだだ！　こんなところで諦められるはずがない！　僕は一体何のためにここまで来たというのだ！　女湯を覗くためだぞ！　ならば、己が命を捨てる覚悟など、最初からできていたはず！　たとえ、死ぬことになっても、女体が見たいから僕は来た！　絶対に諦められるはずがない！

考えろ、僕……。この窮地を脱する策を……。必ず突破口はあるはずだ。

※

スクリーン上には、緊迫感に包まれた馬鹿と天狗の姿が映っていた。

一触即発の雰囲気だが、この対決の結果は見えている。バナナ幽霊と烏天狗の戦いなど、勝負になるはずがなかった。観客が期待しているのは、夏彦の無様で笑える負けっぷりだけだった。

太古より処刑は民衆にとって娯楽だった。愚か者が無様に殺されるシーンは古今東西で娯楽だったのだ。今、最高の愚か者がズタボロにやられそうになっている。観客は今、とてもワクワクしていた。

「ふふふ、早く殺されないですかね」

「美冬さん、楽しそうだね？」

「馬鹿がのたうちまわる様ほど愉快なものはありませんから。特に雨月が苦しんでいる顔は最高ですね。生まれてきてごめんなさいって言わせたいです」

「あ、相変わらず雨月君には辛辣だねぇ」

無表情のまま淡々と語る美冬に若干恐怖を覚えつつ、メリーは愛想笑いを浮かべた。

「ほぉ～、美冬殿は夏彦が嫌いか？」

「えぇ、当然です。今も存在していることが不愉快極まりないです」

コンマ一秒で返す美冬。本当に夏彦には容赦がなかった。

「ふむ。なら、夏彦はワシがもらってもえぇかのぅ？」

「はァ？」

身も心も温まるはずの温泉に、何故か絶対零度の風が吹いてきた。

メリーは何故か震えが止まらなかった。確かに温泉に浸かって、肩まで温まっているはずだが、凍えそうな寒さを感じた。北極にいるよりも寒い気がした。

そして、その寒気の原因は彼女の隣にいた。今、彼女はどんな表情をしているのだろうか。相変わらずの鉄面皮なのだろうか。それとも、別の表情を浮かべているのだろうか。確認してみたい気がしたが、寒さと恐怖でメリーは完全に固まっていた。

同じく寒波の中にいるはずの瓜子は飄々とした様子のまま、美冬を小馬鹿にするような笑みさえ浮かべていた。

「いやのぅ……、最近は熟れた身体が疼いてのぅ……。誰でもえぇから、この疼きを止めてくれんかと思っとるんじゃよ。夏彦は若いし、精力もありそうじゃ。今のままじゃ、何もできんだろうから、妖怪にして実体化させて、夜伽の相手でもさせるかのう」

「何が熟れた身体ですか？　調子乗るのも大概にしてください。分をわきまえてください。貴方、鏡を見たことがありますか？　関東平野もビックリの大平原じゃないですか、貴方の身体は。それのどの辺が熟れているのか、ぜひともご説明してほしいです。大体、誰でもいいなら、私の夏彦じゃなくても……」

「夏彦？　ほぉ、私の夏彦とな？」

「あっ……」

その瞬間、一気に寒気が止んだ。

メリーがこっそりと美冬の表情を盗み見てみると、まるでのぼせたかのように顔を真っ赤にしていた。しかし、表情は相変わらずの鉄面皮。

美冬は表情を動かさないことに関しては達人級だが、感情を完全にコントロールするには至っていないようだ。つまり、まだまだ年相応の恋する乙女ということだ。

「……えっと、もしかして美冬さんって……」

「そ、それ以上言ったら殺します！　本気ですよ！」

顔から噴き出す蒸気が凄いことになっていた。今下手に刺激をすると、とんだとばっちりを受けそうだったので、メリーは大人しく口を閉じた。

しかし、天邪鬼の瓜子は実に愉快そうに微笑み、饒舌（じょうぜつ）な口を開いた。

「ふふ～ん、天邪鬼は心を読む妖怪じゃぞ？　ワシの前で秘め事などできると思うなよ。ヌシの気持ちなんぞ、最初から気付いておったわ。管理者殿を使ってワシをおちよくった仕返しじゃ。存分に悔しがるがいいぞ」

「くっ……、この天邪鬼は……」

美冬は煮え立つ怒りを抑え込み、不機嫌そうに瓜子から顔を背けた。

どうやら美冬はこの天邪鬼を甘く見過ぎていたようだ。妖怪としての力は弱いが、伊達に数百年も生きていない。二十年も生きていない小娘を手玉に取るくらい造作もないことだった。

「ねぇ、そっちで青春しているのもいいけど、こっちでも動きがありそうよ。見ないなら消すよ。このスクリーン出してるのも結構妖力使って面倒だし……」

「せ、青春って……」

いろいろ反論したい気持ちはあったが、藪蛇（やぶへび）になりそうだったので美冬は湯船に顔を沈めて黙り込んだ。

「おぉ、もちろん見るぞ！　どうなるかのぅ……見物じゃなぁ！」

「私も見るよ！　消さないで、七曜さん！」

「………私も見ます」

四人の視線が再びスクリーンに向かった。

未だに夏彦は無事だった。彼はチキン野郎なので全く動かないのだ。箔天坊も夏彦が強行突破でも仕掛けてこない限り、攻撃するつもりはないようだった。

面白味に欠ける膠着状態かと思っていたが、意を決した表情の夏彦が口を開いた。

『おい、すかし天狗……。いや、箔天坊！』

『何だ？　ここは通さんぞ』

『……お前は、お前は男としてそれで本当にいいのか⁉　あの不愉快な女連中の奴隷となって、全ての男達が望む浪漫を打ち砕くっていうのか⁉　お前、それでも○○○付いてんのかよッ！　泣いているぞ、お前の○○○はッ！　お前の○○○は何のために付いているんだ⁉　思い出せ、お前の○○○の本当の役割を！　男は……、真の漢とは、○○○の本能に従って生きるんだよッ‼』

小学生くらいしか口にしない単語を何の恥ずかしげもなく連発する夏彦。まさか、今の自分が女性陣に見られているなど考えてもいないだろう。

「最低じゃ」

「最低です」

「最低だね」

「最低……」

当然の評価だ。女性陣は夏彦に軽蔑の視線を送った。

今の発言は異性でなくても一般教養のある人物からすれば、充分呆れ果てるものだった。あえて説明するまでもなく、箔天坊も眉間にしわを寄せて不快そうな顔をしていた。

『……最低だな、お前は……』

『何故、何故、わからないんだ……』

普通は誰だってわからない。それを理解できるのは、彼自身が先程見捨ててきた義兄弟達しかいないだろう。

なおも馬鹿の主張は続く。無駄に勢いがあって、微妙にカッコいい台詞なのが不愉快だった。

『……どうして、どうして男同士で争わなければいけない⁉ 同じ理想を持っているのに、どうして争わなければいけないんだ⁉ 僕達は手を取り合って、共に行くべき仲間のはずだろう⁉ それなのに、どうしてだ……』

『誰が仲間だ、この馬鹿……』

『違う、僕達は仲間だッ‼ お前は自分の本当の気持ちを誤魔化しているんだ‼ 気付け、箔天坊‼ お前の本当の気持ちに‼』

言っていることは馬鹿だが、夏彦は無駄に熱かった。箔天坊は完全に冷めていたが。

「腐女子補正を掛けると、ドキドキな感じになるね～」

メリーは二人の男が語り合う姿をとても楽しそうに見つめていた。

現代の妖怪には腐女子までいるらしい。時代の流れはどうしてこんなに無情で無慈悲なのだろうか。

『正直になれ、箝天坊ッ!!　お前はメリーの裸が見たいんだろうッ!!』

『なッ!?　き、貴様、何をッ!?』

『メリーの裸が見たくないなら、そうだと言ってみろッ!!　言えないだろうッ!?　何故なら、それがお前の本心だからだッ!!　それがお前の魂の叫びだからだッ!!　目を背けるなッ!!　耳を塞ぐなッ!!　お前の中にある真実に向き合えッ!!』

『く、クソォォォッ!!』

地面に膝を突く箝天坊。夏彦曰く、「本当の気持ち」とやらを突かれて、精神的なダメージを受けたのだろうか。

「………」

先程まで楽しそうにしていたメリーの顔が一気に冷めていった。

今度の寒波も結構な厳しさだった。隣にいた美冬は怖くなったので、少しだけメリーから距離を取った。

『僕も見たいッ!!　女の子の裸をッ!!』

「……夏彦君に、『神崎の裸が見たいんだ』って言ってほしかった？　美冬さん」

「ま、まさか……、そんな訳ないじゃないですか……」

美冬は震えながら首を横に振った。

メリーがとても怖かった。さすがは都市伝説でもっとも有名な妖怪だ。並の妖怪とはプレッシャーが段違いだった。

『箔天坊、お前も自らの魂を解き放てッ‼　さぁ、箔天坊、お前の真実の言葉を聞かせてくれッ‼』

『くっ……、小生は……、小生は……』

箔天坊は自らの葛藤に苦悩して、思いの丈を拳に乗せて地面に叩き付けた。今にも噴き出しそうな魂の叫びを堪えるように何度も何度も地面を叩いていた。

己の魂を、真実の心を解放できれば、どれだけ楽だろうか。しかし、理性が彼の心を縛り付けていた。誰もが馬鹿のように気ままには生きられないのだ。

四つん這いのまま葛藤する箔天坊。

夏彦は苦悩する彼に近寄ると、そっと手を差し伸べた。

『僕はお前の仲間だ……。たとえ、お前が何を言ったとしても、僕はお前を決して軽蔑なんてしない……』

今このシーンを見ている女性陣は絶賛軽蔑中である。

『夏彦……。小生は……、小生は……』

箔天坊は力なく地面に額を擦りつけ、まるで土下座のようにうずくまった。

今の彼には夏彦の手を取ることはできなかった。この葛藤の答えを出すまで、彼の優しさを受け入れることはできなかった。

抑えきれないほどに高まっている本能の声。無理矢理に理性で押し殺そうとするたびに、反発する力を強くしていく。本能とはあらゆる生き物の根源だ。それを無視して生きることはできない。それがたとえ妖怪であっても、魂の声を抑えることはできなかった。

心が苦しくて涙が溢れてくる。どうしてこんなに苦しいのか。彼はその苦しみから解放される術を知っていた。止められない涙は、抑え込まれている魂の嘆きだった。

『もう苦しむな……、友よ……』

箔天坊は顔を上げ、友の手をガシッと摑んだ。

決めたのだ。この嘆き苦しむ魂を解放してあげようと。

彼は涙で顔をグチャグチャにしながら、己が魂の叫びを上げた。

『メリーの……、メリーの裸が見たいですッ!!』

「よし、あいつを殺すッ!!」

メリーの顔が恐ろしい妖怪の形相に変わっていた。

あれは「今、貴方の後ろにいるの」と告げる時の顔だ。振り向いた瞬間にナイフで刺されそうだったので、その場にいた三人は一斉にメリーから視線を逸らした。

『さぁ、行こうッ!!　僕達の理想郷へッ!!』

『オウッ!!』

馬鹿同盟に新たな馬鹿が加わった。この世は馬鹿ばかりだ。

そろそろ露天風呂にいるのは危険になってきたので、メリーを除く三人は湯船から上がって逃げ出した。別に覗かれることを恐れている訳ではない。もっと別の何かを恐れているのだ。例えば、今、湯船に残っている人物のこととか。

カチャッ……、カチャッ……。

金属が擦れるような音が聞こえた。すでに浴場から抜け出した瓜子達はその音の発信源はわからなかった。ただ、ある程度推測することができた。

都市伝説の「メリーさんの電話」の結末は、被害者が刃物で刺されて死ぬというパターンが有名だった。都市伝説から生まれた象徴存在である彼女もまた、そうした刃物を振るう能力に秀(ひい)でているのではないか。

彼女達が去ってから数秒後、どこからともなく二人分の断末魔の悲鳴が響いた。それと同時に肉を滅多刺しにする音も聞こえた気がしたが、すでに露天風呂を立ち去ってしまった瓜子達に真実はわからなかった。

ただ一つ確実にわかったことがある。馬鹿は死んでも治らない。

第四章

君を好きになるのに理由はいらないけど、
想いを断ち切るには理由がいる。

月が綺麗だ。

特に満月なんて最高だ。

だって、逆さまに吊るされても真ん円に見えるからね。

今の僕の状況、わかります？　まぁ、前の章とか、一行前の文章とかから察していただけると思いますが、お仕置きと称された新人苛めを受けています。本当に酷い会社ですね。就職活動を行っている皆さん、会社の規則や福利厚生はしっかりと確認しておきましょう。

作者注　リアルに確認を……。作者が以前勤めていた会社は――［検閲削除］――。

何だか、今どこかで聞いている方が鬱になるような裏話が聞こえた気がする。多分、気のせいだ。作者が勤めていた会社は優良な会社だ。

作者注　あっははははははははははははははは♪　はぁぁぁ～……。

大人の事情、深入りはやめてあげて……。

まぁ、いいや。とにかく僕は今、断崖絶壁から逆さ吊りにされている。七曜の姉さんが幽霊も縛れるロープとか作れるみたいでね。ここでわざわざ逆さ吊りにされている理由を聞く人は、社会でやっていけません。お願い、察して。

あぁ～、月が綺麗だな……。

っていうか、どうして僕だけ……。

まぁ、発案者も馬鹿達を煽ったのも全部、僕だけどさ……。

「全く、本当に馬鹿ですね」

「神崎か……」

姿が見えなくても、声を聞けば誰かわかる。こんな人を小馬鹿にした冷たい声の持ち主は一人しかいない。それに、何気に小学校からの付き合いだし。

「馬鹿って本当に死んでも治りませんね」

「うっさいよ！」

「そういえば、中学の時にも同じことしてましたね」

「あぁ、あったなぁ……」

あの時、クラスの男子全員の心が本当の意味で一つになった。

結果なんて聞くな。僕達の心が一つになったという美談でいいじゃないか。旅館の廊下で一睡もできずに正座なんてさせられてない。

「……馬鹿ですよね」

「何度も馬鹿馬鹿言うな！」

「馬鹿ですよ。勝手に死んじゃって……」

「………」

あぁ、そういえば、そうだったな……。

他人に言われると凄く重いように聞こえるな。僕自身、こうして普通に話せたりするから悲観的になることも少なかったし、何よりうらめし屋に来てから暗くなっている時間なんてなかった。

「いつか私が引導を渡してやろうと思っていたんですがね……」

「おっかねぇこと言うな！」

「馬鹿です、貴方は……」

う〜む、何故か責められている気がする。

別に僕が死んだところで、神崎が困るようなことはないと思うんだが。引導を渡してやりたかったとか言っているくらいだし。

神崎の表情が見えないと何を考えているのかサッパリ……というか、見えてても表情の変化なんてないし、何を考えているのかサッパリなのは一緒か。

「……雨月。貴方、これからどうするんですか？」

「どうするって？」

「うらめし屋を続けるんですか？」

「あぁ〜、どうしようかな……」

正直、瓜子に振り回されるのは癪だが、実際に一緒に騒いでみて面白かった。他の連中も気のいい奴らばかりだし、それなりに気に入っているのは確かだった。

しかし、ずっとこのままでいいのかと思う。一応、幽霊だし、成仏した方がいいんじゃないかな〜と思わなくもない。いや、でも、あのむさ苦しいオッサンだらけの天国に逝くのはちょっと……。

「成仏したいと言うなら止めんよ、夏彦」

「この声……、もしかして瓜子か？」

今の話、聞いていたのか。まぁ、聞かれたところで、どうということはないけど。

「そうじゃ。ワシはこれでも閻魔殿に顔も利く。ヌシのような小者一人を天国に逝かせることも可能じゃ。というより、そもそもヌシに対して用意していた報酬の一つが、それじゃ。ヌシが望めば、いつでも天国に成仏させてやろう」

瓜子って実は凄い奴なのか。でも、天邪鬼の言うことだから鵜呑みにしない方がいいか。こいつの話を真に受けるなんて馬鹿のすることだ。

「天国か……。どんなところなんだ？　最近カジノできるんだっけ？」

「はァ？　そんな訳なかろう。天国じゃぞ、天国。そんな俗物であって堪るか」

「おかしいな！　カジノができるって情報源はお前のはずなんだけど！」

「ワシの言葉をいちいち真に受けるなど、ヌシは馬鹿なのか？」

「本当そうだね！　じゃあ、本当はどんなところなのさ、天国ってのは！」

「さぁのぅ……。ただ、生者の感覚では理解できぬ場所だそうだ。決して裸の美女がいてウハウハできるような場所じゃないぞ」

「じゃあ、あんまり興味はないいな」

僕が逝きたいヘブンは、裸の美女がいてウハウハできる場所だ。カジノはあまり勝てる気がしないので、そこまで興味はない。

「雨月、貴方という人は……」

「だってさぁ～、僕、今それなりに楽しく過ごしているし、成仏とかって興味ないんだよね。それだったら、僕は……」

「ウチでもう少し働き続けるか？　じゃがな、それには大きな問題があるぞ。霊魂だけの存在は本来、現世に居続けてはいけないのじゃ。世界の理（ことわり）に背き、この世に居続ける霊魂はいずれ悪霊化する。まぁ、ワシらと一緒にいれば、すぐに悪霊化することはないだろうが、あと数年も経てば確実に悪霊化する。美冬殿がワシに除霊依頼をしたのは、そのためじゃ。ヌシを除霊しなければいけないが、自分の手でヌシを消すのは躊躇われたから、美冬殿は……」

「その話はやめてください、瓜子社長」

「何を恥ずかしがっておるんじゃ、美冬殿」

「恥ずかしがってません」

相変わらずのクールボイスでキッパリと否定してくれる。声だけでも動揺していてくれれば、ちょっとは嬉しかったのに。

「ふむ。ワシに秘め事など無駄だと言ったんじゃがのぅ」

「それ以上、何かを言うなら容赦しませんよ」

「怖いのぅ……」

ちっとも怖がっている風に聞こえないんだが？

「まぁ、悪霊となっても自我を保てる者もいるが、ほとんどは暴走して除霊される運命じゃな。ワシはヌシを消すことに一片の躊躇いもないんじゃが、ヌシとしてはあまり面白い終わり方じゃないじゃろう?」

「当たり前だ」

ってていうか、一片くらい躊躇えよ。

「ならば、ヌシはどうあってもこの世を去らなければならぬ。それは避けられぬ運命じゃ」

「……そう、だよな」

わかりきった事実であるが、あらためて他人から突き付けられるとショックだった。

何だか冷血で有名な神崎さんちのお嬢さんも心持ち神妙な面をしているようだった。

……まぁ、多分ね。あの子、表情筋が退化しているから感情が読めないんだよね。

「まぁ、まだ数年の猶予(ゆうよ)がある。すぐに答えを出せとは言わん。ワシは天邪鬼で人をおちょくるのが大好きじゃが、受けた恩は必ず返す。ヌシはうらめし屋の一員としてしっかりやってくれた。じゃから、その分の働きに対する報酬はしてやるつもりじゃ。ヌシの天国逝きは保証しよう」

散々酷い目に遭わされてきたのですぐには信じられないのだが、瓜子は嘘を言っていないような気がする。

「成仏っていってもなぁ……。ほら、僕にはまだ未練が……」

「……まだ葉山に未練があるんですか？　やはり私が直接貴方に引導をくれてやります」

「なっ⁉　ちょ、待て待て待て‼」

何故か理由はわからなかったが、いきなり神崎の殺気がマックスハートになった。

意味がわからない。普段から散々攻撃を受けているが、ここまでキレられたことは……数回くらいしかないはずだ。多分、二桁はいってない。病院送りになった回数が二桁じゃないから確実だ。僕が一体何をしたっていうんだ？

……まぁ、いろいろ前科はあるけど、それらは半殺しという制裁を受けているのでチャラだと思う。

っていうか、本気でヤバい！　お、御札が凄い数に……。あれ、掠っただけでも大惨事なのに、直撃したら本当に跡形もなく消え去ってしまう！

いくら僕のことを毛嫌いしている神崎でも、いきなり理由もなくマジギレすることはなかった。少なくとも、これまでマジギレさせた時には僕の方も神崎を怒らせる心当たりがあった。女子更衣室覗きとか、修学旅行の女風呂覗きとか、その他諸々……。

だけど、今回は神崎を怒らせるようなことをした覚えは全くなかった。

このツンドラ女は何を怒っているというのか？

って、あれ？　何か涙ぐんでないか、神崎の奴……涙って？　あの表情筋が退化している噂の鉄面皮が泣くなんて……。

「あ～、違う違う。夏彦の未練は、葉山瑠奈のことじゃないぞ、美冬殿」

「えっ？」

はっ？　訳知り顔で何言ってんだ、こいつ。

まぁ、今更だから言っちまうけど、僕の未練は初めから葉山さんのことではない。それは確かだが、瓜子なんかが、僕の本当の未練を知っているはずがない。何故なら、今の今まで、一度として僕は本当の未練については語っていない。

……今更、言えるようなことじゃない。まぁ、だからこその未練なんだけど。

大丈夫、絶対にバレてない。心でも読まれない限り、僕の未練が誰かに知られることは絶対にない。

「いやぁ～、さすがのワシも心を読めねば気付かんかったわい」

「……何ですと？」

今、聞き捨てならない台詞を聞いた気がする。

「天邪鬼は、人の心を読む妖怪ですよ。知らなかったんですか？」

「知らねぇよォォォォォォォッ!!　何、それ⁉　僕のピュアハートがこんな奴に見られてたって言うのッ⁉」

「おう、バッチリ見たぞ。純情ボーイ♪」

「ぎゃああッ!!」

待って待って待ってェエエッ!!

そんな馬鹿なッ!!　そんな馬鹿なッ!!　そんなバナナッ!!

いやいやいやいやいやいやいやいや、有り得ない有り得ない有り得ないからッ!!

何故、どうして、よりによって、このクソ女にそんな能力があるんだッ!!　ふざけんな、妖怪めッ!!　何で、そんな力があるんだよォォォッ!

「……ヌシも意外と一途じゃのぅ」

「いやあああああああああああああッ!!　言わないで言わないで言わないでッ!!　後生だから、言わないでくださいッ!!　何でもしますから、言わないでェエエッ!!」

吊るされた状態でも全力で懇願する。

僕の未練、それは絶対に知られてはいけないことだ。特に、神崎にだけは絶対に知られてはいけない。本当、マジで。

「何をそんなに動揺しているんですか？　雨月」

「まぁ、一番知られたくない相手が側におるもんなぁ」

瓜子はいやらしい笑みで僕を見下ろしていた。

クソォォォッ!!　本当に知っていやがるな、このクソアマッ!!

畜生ッ!?　これまでずっと隠し通してきたっていうのにッ!!　これまでオープンハートのように見せかけて、実はひっそりと隠してきたのに!!

あぁぁ～、瓜子、ぶっ殺すッ!!

「はっはっはっはっ！　ヌシ、存外隠し事が上手いのぅ。未練は添い遂げられなかったことか。それとも、美女の誘いにうつつを抜かして泣かしてしまったことかのぅ？」

「やめてッ!!　本当にやめてくださいッ!!　これ以上、苛めないでェェェッ!!」

「……だから、何をそんなに焦っているんですか？」

うっさい、鈍感さんめッ!!　鈍感万歳だよ、こんにゃろぉッ!!

「まぁ、ワシもここでヌシの未練をバラすほど鬼じゃないわい。あとはヌシら二人でゆっくりと語り合えば、えぇ。ワシは他の連中にこの話を面白おかしく言い触らさないといかんからのぅ～」

「だから、言い触らすのやめてェェェッ!!」

瓜子は軽快にスキップをしながら、旅館の中へと戻っていった。僕の制止なんて全く聞く耳持たず。僕がこれまで隠してきた本当の未練は、あっという間にうらめし屋全体に広がってしまうんだろう。

っていうか、僕の本当の未練という爆弾を投下してから神崎と二人きりにするってのは、明らかに意図的だろう。覚えてろ、この腐れ天邪鬼め！


「雨月……、貴方の未練って……」

「言わないぞ！　絶対に言わないからな！」

「……まぁ、言いたくないなら別に深くは聞きません」

「えっ、聞かねぇの？」

「聞いてほしいんですか？」

「い、いや……、それは……」

いくら神崎でもこればっかりは言えない。いや、神崎だからこそ言えないのか。少し拍子抜けだったことは否めないが、彼女に本当の未練のことを言わずに済んでホッとした。

「……でも、一つだけ確認させてください」

「か、確認って、何をさ？」

「……雨月は葉山が好きだから、この世に残った訳じゃないですよね？」

神崎は崖から身を乗り出し、真剣な瞳で僕を見つめながら問うた。

仏頂面だからこそ、真っ直ぐな気持ちが伝わってくる神崎の瞳。こいつはいつだって変わらずに不器用で真っ直ぐだった。

だから、まともに神崎の顔が見られなくなる。

そうして逃げるように視線を逸らすと、似合いもしない猫のヘアピンが目に入った。

高校生になってまで付けている猫のヘアピン。一体いつまでそんなモノを付けているつもりなんだろう、こいつは……。

もう、そんなモノに意味なんてないのに……。

いつまで、そんなモノに囚われているんだ……。

だから、僕は今でも……。

「教えてください、雨月……。貴方は……」

「……違ぇよ。もうバレちゃったから言っちまうけど、僕はあの日、葉山さんの告白を断るために屋上に行ったんだよ」

……他に好きな奴がいるからって……。

そう言って、断るつもりだったんだ（まぁ、その必要なかったみたいだけど……）。

可愛い女の子大好き～と公言している僕だけど、やっぱり譲れない気持ちがあるのだ。そりゃ、葉山さんは本当に可愛いと思うよ。本音を言えば、キャッキャッウフフなこともしたい。だけど、それでも、僕の中の一番は昔からたった一人だった。

今も、その気持ちは変わっていない。だから、僕は今ここにいるんだ……。

「そうですか……。なら、いいです……」

「……いいのか？」

「……ええ、いいんです……」

それっきり神崎は何も言わず、崖の縁に腰掛けて月を見上げていた。

僕の位置からは、浴衣から覗く生足が見られて眼福だ。やっほー、ラッキー♪と、いつもの僕なら舞い上がれるんだが、この時ばかりは明るい気分になれなかった。

今の神崎に掛けるべき言葉が見つからなかった。いつだって軽快に小粋なジョークを言える僕の口も肝心な時には役立たず。

ただ、二人とも無言のまま月だけを見上げていた。

だけど、沈黙に耐えられなくなった僕は考えなしに口を開く。今の想いを、そのまま彼女に伝える。

「なぁ、神崎……」

「……何ですか？」

「捨てちまえよ、そんな似合わないヘアピン」

「………」

神崎は何も答えない。

古ぼけた猫のヘアピンを大事そうに撫でながら、彼女はしばらく何も言わなかった。永遠とも思えるくらい長い沈黙が再び訪れる。このまま神崎は何も喋らないかもしれない。何も答えずに立ち去るかもしれない。

だが、それでも僕は神崎の答えを待ち続ける。

僕には彼女の答えを聞く義務がある。

そして、一体どれだけ待っただろうか。一時間以上は待った気がするが、実際は数分くらいしか経っていない気がする。いや、もしかしたら、本当に一時間以上待ったかもしれない。時間の感覚が麻痺するくらい待ち続け、ようやく神崎は口を開いた。

「絶対……、嫌です……」

とても小さな声だったが、決して揺るがない強い意志を感じた。

だから、僕はこの時、決心をした。

成仏する、と……。

※

それは、もう思い出すのも面倒なくらい昔の話だった。

小学生の高学年の頃だったから……、えっと、あぁ～、やっぱり面倒だ。気になったら自分で数えて。とにかく僕も神崎もまだ子供の頃の話だ。

この頃の僕は本当に無邪気だった。

だって、スカートめくりだけで満足してたんだから。

無論、あの神秘のトライアングルの魅力を語らせれば、四百字詰め原稿用紙が百枚以上になるだろう。だけど、僕達が目指すべきはあの光り輝く三角ゾーンの先にあったのだ。僕がそれに気付くのは、もうちょっと先のお話だった。

まぁ、それは話の本題ではないので、少し隅に置いておこう。

僕はその日、運が悪いことに友達と都合が合わず、一人でゲームセンターに向かっていた。普段は友達とワイワイ遊んでいることが多かったので、一人でいるのはとてもつまらなかったと記憶している。朧気な記憶だが、不貞腐れた顔でゲームセンターへ行った。

そこで偶然にも神崎と会った。

神崎はもうこの頃からすっかり真面目ちゃんになっていて、ちょい悪な僕とはいつも衝突していた。というか……、一方的に折檻(せっかん)されてました。この頃の関係が高校生まで続くことになるとは、当時は思ってもみなかった。

正直、この頃はまだ神崎が苦手だった。

今は得意かと聞かれれば、首を傾げざるを得ないのだけど。

真面目な神崎はあまりゲームセンターに遊びに来ることはなかった。しかも、この時の神崎は一人きりで、ゲームをするでもなく、ただＵＦＯキャッチャーの前に突っ立っていた。

「何してんだ？　神崎」

「…………」

神崎は振り返って僕のことを確認するが、何の返事もしてこなかった。

大分嫌われているなぁ……。いや、それは今も大して変わってないだろうけど、この頃は話し掛けてもロクに返事さえもらえないことが多かったので、そう思った。

しかし、神崎は割と誰に対しても、こういう態度をとることが多かった。

ほら、あいつって見るからに人とコミュニケーションとるの駄目っぽそうだろう？

小学生の頃なんか、もうほとんど喋らないキャラだった。

で、口を開く時は、大体ちょっかいを掛けた僕をぶっ飛ばす時くらい。

あいつ、こうして弄ってやらないと本当に人と関わらないから、これでも僕なりに体を張ったコミュニケーションだったのだ。魅惑のブルーストライプに興味がゼロだったかと問われれば、NOと答えざるを得ないが。

「何見てんだ？　UFOキャッチャーの景品か？」

僕は遠慮なく神崎の隣に立ち、UFOキャッチャーの中を覗き込んだ。

神崎が見ていたUFOキャッチャーの景品は様々なグッズがあったが、全て同じキャラクターのものだった。某有名な猫キャラの、ぬいぐるみとか、髪留め、小さなアクセサリーとか、とにかく小物系がウジャウジャと。

確かに、この猫キャラは女子大人気だが、まさか赤い血が通っていることさえ疑問を感じる神崎までも、このキャラを好きだったとは予想外だった。

「なんだ、コレほしいのかよ？　お前」

「……別に」

「じゃあ、何で見てたんだよ？　ほしいんだろ、やっぱ」

「……ただ見てただけ」

鉄面皮はこの頃から相変わらずだった。

表情の変化もなく、反応も乏し過ぎるため、からかっても全然面白くなかった。

「……うるさいから帰る」

「あっ、コラ！　誰がうるさいんだよ！」

「…………」

返事すらせずに神崎はゲームセンターを立ち去ってしまった。

「何しに来たんだ、あいつ？」と僕はぼやきながら、もう一度ＵＦＯキャッチャーを見た。

まさか神崎にこんな普通の女の子っぽい趣味があったなんて意外過ぎた。明日はこのネタでからかってやろう、なんて邪な考えが頭を過ったりもした。

しかし、この時の僕は何を思ったのか、おもむろに財布から百円硬貨を取り出していた。ＵＦＯキャッチャーなんて僕の趣味ではなかったけど、その日はそういう気分だったのだ。別にそれ以外の他意なんて、ないつもりだった……。

一時間の奮闘の結果、全財産と引き換えに取れたのは猫のヘアピンだった。

最初の狙いは一番でかいぬいぐるみだったのだが、このＵＦＯキャッチャーはアームが弱くて引っ張れなかったのだ。僕の腕が悪かった訳ではない。あくまで、ＵＦＯキャッチャー側の問題だ。

しけた景品を握り締め、僕は何故か満足したような笑みを浮かべて家路に就いた。

翌日、僕は通学班など無視して朝一番で学校に行った。

教室に誰もいないことを確認して、僕は忍者のような足取りで神崎の机に歩み寄って、リコーダーに手を伸ばして……ではなく、机の中に昨日取ったＵＦＯキャッチャーの景品を突っ込んでおいた。

……これは悪戯だった。誰かがこの猫のヘアピンに気付けば、あのいつだってブスッとしている神崎に可愛い趣味があることを知って大騒ぎになるはずだった。

僕はその騒ぎを予想して、ほくそ笑んでいた。

しかし、悪戯は不発に終わった。

どうも僕の完璧な計算に狂いがあったらしい。神崎は机の中に入っていた異物に気付いた。しかし、周りの連中はほとんど神崎に関心なんてなかったので、彼女の手にあるそれに誰も気付かなかったのだ。

神崎は大事そうにカプセルを持ちながら、何故か僕のことを見た。悪戯を仕掛けたことがバレたらしい。きっと後で殴られると思った。

だけど、神崎は僕に微笑み掛けたのだ。

あの表情筋が退化していると噂の神崎が笑ったのだ。

しかも、嫌っているはずの僕に対して、まるで感謝するように笑顔を向けた。

僕は神崎に感謝されるようなことは何もしていなかったので、とにかくバツの悪いのだ。

顔をして机に突っ伏した。何だか顔が熱くて、こんな顔を誰にも見られたくなかった

心臓がドキドキと五月蠅かった。

あぁ、これが本気の恋を知った瞬間だった。

もしかしたら、これ以前から僕はずっと神崎が好きだったのかもしれない。ずっと

ちょっかいを掛けたりして、挙句、ＵＦＯキャッチャーで景品を取ってきたりして。

あいつのことが好きだって気付いたからといって、結局、僕の行動が変わることな

どなかった。だって、それ以外のコミュニケーションなんて知らないし。

神崎にちょっかいを出して殴られる。

そんなやり取りが高校生になるまで続いていた。

付き合いの長さもあってか、割と普通に話してくれるようになった。関係が少しだ

け前に進んだかなーと思わなくもない。

だけど、告白する勇気はなかった。

そんな馬鹿な関係があまりに居心地が良くて、ただずっと続くと信じていた。

永遠に続くモノなんてあるはずもないのに、どうして僕は今の関係がずっと続くと

信じていたのだろう。どうして、もっと早く踏み出すことができなかったのだろう。

神崎はずっとサインを出し続けていた。

あの猫のヘアピン……。

いくら何でも、高校生であのヘアピンはないだろう?

気付かない振りをするには、さすがに僕達の付き合いは長過ぎた。ただ、僕は見ない振りをしていたんだ。あのぬるま湯(というには若干バイオレンスだけど)のような関係を壊したくなかったから。

……馬鹿だな、ホント……。

マジで後悔している……。

死ぬ瞬間、心の底から自らの臆病さを悔いた。

ほんの少しの勇気があれば伝えられたはずの想い、それが僕の未練だ。けれど、今更それを伝えても、神崎を傷付けるだけだということは知っている。

だって、僕はもう死んでいるんだから……。

あの頃みたいに話すことはできても、人として触れ合うことはできない。

僕はいずれ成仏して、後腐れもなくこの世から消えなければいけない。

どうあっても、僕と神崎が結ばれることなんて絶対にない。

……そんなことはわかっている。

生きてたって結ばれたかは甚だ疑問ではあるんだが、少なくとも希望はあった。だけど、今は希望さえ存在しない。それなのに、僕達はまだ存在しない希望に縋っている。

僕がこうして未練を残して現世にいるように。

神崎が未だに猫のヘアピンを捨てられないように。

きっと、今の状態はどちらにとってもよくないことだ。僕は成仏できずに悪霊になるだろうし、神崎はずっと過去に囚われて前に進めない。

まぁ、別に僕が成仏できなくても、多少迷惑を掛けるだけで済む。

だけど、神崎はこれからも……、きっとあのままなんだろう……。あいつ、不器用で頑固だし……、何年も立ち止まっちまうに決まってる……。下手をすると、もっと長い時間、あいつは先に進めずにいるかもしれない。

それだけは絶対に駄目だ。

僕のせいで、あいつの未来を奪うことなんてできない。

神崎はまだ生きているんだ。幸せになれる未来があるはずなんだ。だから、神崎には幸せになってほしい。その幸せが僕以外の相手と築くものであっても、だ。

……まぁ、正直、神崎を他の奴に取られるってのは嫌だけどさ……。

でも……、それでも……、僕はあいつの笑顔が好きだから……。

幸せになってほしいんだ、あいつには……。

あんな安っぽいUFOキャッチャーの景品なんかで、いつまでもあいつを立ち止まらせる訳にはいかない。あいつの未来は、きっと幸せに満ちているはずなんだ。

だから、あいつの未来を守るために、消えないといけないんだ。

僕も……、あの猫のヘアピンも……。

※

「……雨月、今、謝るなら苦痛を与えず楽に殺してあげます。謝らなければ地獄の苦痛を与えてから殺します」

「それ、どっちも殺されるんですけどッ!?」

そんな台詞を聞いて謝る気になると思っているのか？　このツンドラお嬢さんは。

全く、相変わらずの鬼畜っぷりには驚かされる。


……さて、回想が入る直前から時間が飛んでいるので、軽く状況説明をしよう。

今現在、僕は神崎の逆鱗（げきりん）に触れて殺されそうになっている。まぁ、いつものことと言えば、いつものことだ。よくある日常の一コマと言っても過言ではない。

だが、今回の神崎のキレっぷりは相当だ。

何故なら……、

「いいから、私のヘアピンを返してください」

「僕が素直に返すと思っているのか、バ〜カ！」

……ということである。

もう少し詳細な説明をすると、場所は変わらずに山奥の旅館。妖怪とか霊能力者とか、そういう関係者がいるところなので、神崎は何の遠慮もなく御札百枚で僕の首を狙っている。多分、僕はここで死ぬな……。いや、もう死んでるけど。

ちなみに、猫のヘアピンは瓜子に協力してもらい盗ってきてもらった。だって、僕って幽霊だから物は触れないし。っていうか、この残虐非道な神崎から盗みなんて絶対無理だから。

という訳で猫のヘアピンは今、瓜子達うらめし屋が預かっている。

だが、そんな裏事情を知らない神崎は猫のヘアピンがなくなったことに気付くと、真っ先に僕のことを疑った。そして、僕を見つけるなり問答無用で攻撃を仕掛けてきて、現在に至る（その攻撃のせいで現在、僕はズタボロの状態）。

「そうですか……。なら、こうしましょう。今、素直に謝ってヘアピンを返すなら、無間（むげん）地獄に落とすだけで済ませましょう。謝らないなら、摩訶鉢特摩（まかはどま）地獄に落とします」

「それ、どっちも地獄の最下層じゃねッ⁉」

「とにかく私にヘアピンを返しなさい」

「返しても阿鼻叫喚にご招待ですよね？」

「当然です。私の大事なヘアピンを奪ったんですから」

それをプレゼントした僕のことは大事じゃないのか？　……いや、それを聞くのは野暮だな。

「悪いが、絶対に返さねぇよ！」

「…………どうしたら、返してくれるんですか？」

いつもの神崎らしくない弱気な声だった。心なしか表情も悲しげに見えた。

神崎がもっと表情豊かだったら、僕ももう少し良心が痛んでいろいろと躊躇したかもしれない。だけど、この時ばかりは無表情でいてくれて助かった。

おかげで覚悟が鈍らないで済む。

僕は、あの猫のヘアピンと一緒に消えないといけない。そうすると決めた以上、中途半端な優しさで躊躇ってはいられない。

「そうだなぁ……。だったら、昔みたいに鬼ごっこしようぜ」

「鬼ごっこ……？　昔のアレは鬼ごっこと言っていいものだったんでしょうか？」

その問いに対しては僕も返答に困った。

昔も今も、僕はよく神崎を怒らせて追い掛けられることが多かった。僕はそれを指して、鬼ごっこと言った。だけど、あれを鬼ごっこと言っていいのか正直微妙だ。

追い掛けてくる神崎は確かに鬼そのものだったけど……。

うぉぉ……、思い出したら震えが……。

「ま、まぁ、そんなことはどうでもいいじゃねぇか。お前が僕を捕まえられたら、あのへアピンを返してやるよ。捕まえられなかったら、へアピンは返さない」

「……つまり、私が貴方を捕まえたら殺せばいいんですね？」

「違いますよ、神崎さんッ⁉　捕まえても、殺しちゃいけませんッ‼　決して殺してはいけませんッ‼　っていうか、僕はすでに死んでますから殺せませんっ‼」

「大丈夫です。死んでても殺れます。問題はありません」

「問題大ありだよ、このツンドラ女ッ‼」

「私には何の問題もないです」

「あぁ、お前には問題ないだろうね‼」

こいつは本当に僕を殺しかねないから、その冗談は笑えない。そもそも冗談であるか甚だ疑問である。神崎はたまに目的と手段を履き違えるからな。

畜生、かつてないほどのバイオレンスな鬼ごっこになりそうな気がする。

やっぱりこのやり方はまずかったかもしれない。もっと考えればスマートな方法があったかもしれない。だが、僕達の関係ってこういうドタバタしたものだし、これはこれで僕達らしいのかもしれない。

……って、もう危険極まりない御札が飛んできた！　しかも、狙いが確実に僕の命を取りにきてやがる！　あんにゃろ、本当に僕を殺す気か！

「さて、死ぬ覚悟はいいですか、雨月？」

「もう死んでるよッ‼」

殺気を纏った神崎が一直線に僕に向かってきた。あれは間違いなく殺りに来ている奴の目だ。

命の危険（すでにもう死んでいるけど）を感じた僕は、全力で逃げ出した。元々、鬼ごっこのつもりだからいいんだけど、ここまで逼迫した逃走になるとは思わなかった。このバイオレンスなお嬢さんを相手にするのだから多少の危険は承知の上だったが。

「っていうか、ヘアピン取り戻したいんだろう⁉　僕を殺したらヘアピンが返ってこねぇぞ、神崎‼」

「そんなの、殺ってから考えます」

「お前、さっそく目的と手段がすり替わってるぞッ⁉」

「些細な問題です」

「根本的な目的を思い出せよ！」

「……雨月を仕留めることですか？」

駄目だ、この子。最初の目的を完璧に忘れている。

大事にしていたヘアピンを盗られて頭に血が上っているのはわかるが、この調子では僕の話をまともに聞く気はないだろう。

今の神崎に、僕が成仏するという話はできない。

神崎に大事な話をするには、少しばかり血の気を抜いてもらわないといけない。ここは死ぬ気で逃げて、暴力行為ができないくらい神崎を疲れさせる必要がある。

それにしても、不器用だなぁ、神崎は……。まぁ、僕もだけど……。

でも、これが僕達らしい別れ方なのかもしれない。

これは僕達の最後の鬼ごっこだ。楽しもうぜ、神崎……。

※

どこからか馬鹿の叫び声が聞こえてきた。

旅館の一室に集まっていたうらめし屋の面々はその悲鳴を聞いて、夏彦と美冬の別れが始まったことを知った。いつも騒がしい彼らもこの時ばかりは、一瞬だけ静まり返った。

夏彦が瓜子の下を訪れ、成仏する旨を伝えたのは約二時間前のことだった。成仏をする前に美冬からヘアピンを奪いたいという依頼を受け、うらめし屋の面々が美冬に気付かれないようにヘアピンを盗んだのは十分前。

そして、今ようやく二人の別れが始まった。

夏彦は間もなくこの世から消える。

死者がこの世を去らなければいけないのは必定。ゆえに、あんな馬鹿で幽霊らしくない夏彦であっても、やはり成仏は避けて通れぬ道だった。

うらめし屋の主要メンバー（朧車は除く）は夏彦の依頼を終えると、旅館の一室の精進落としのような会食の場に集まっていた。

実際、席に並んでいる料理は、肉も魚も使っていない本格的な精進料理だった。華やかさや豪華さはないが、料理人が腕を振るって仕上げた丁寧な逸品の数々。賑やか好きな彼らにしてみれば、あまり似合わないように思えるが、うらめし屋の面々なりに夏彦との別れを悼（いた）むつもりなのだろう。

「……せっかく面白い奴が入ったと思ったんじゃがのぅ……」

「短い付き合いになっちゃったね」

「「兄者ぁぁぁぁぁぁッ!!」」

うらめし屋一同はしんみりとした雰囲気になるが、断続的に聞こえる悲鳴のせいで、何となく素直に悲しい気分にはなれなかった。

「全く、最後まで喧しい奴だ。この馬鹿な悲鳴はいつまで続くんだ？」

「……それは、美冬次第」

「あの姉ちゃんの頭が冷えなきゃ、小僧もまともに話ができねぇからな。小僧も随分と難儀なのに惚れちまったなぁ」

「まぁ、あの美冬殿にはあれくらいの馬鹿じゃないと相手はできんじゃろう。ある意味、お似合いのカップルじゃよ」

「……それは両方が生きていれば、の話……」

七曜の言葉によって、場は再びしんみりとした雰囲気に戻る。

生きていれば、あの二人は幸せな恋人同士となって結ばれる未来もあっただろう。

だが、あの二人はすでに死別した仲だ。夏彦が成仏できなかったがゆえに少々長引いてしまったが、二人の未来にあるのは別れのみ。

「……美冬さんは、二度も好きな人を失わなければいけないんだね」

「確かにそうかもしれん。だが、死した後にも愛した男と再会できた、とも言える。確かにこれから美冬殿には別れの悲しみが突き付けられるだろうが、今の彼女は幸せなのではないか？」

「箔天坊さん……」

「がははは！　むっつり天狗のクセにいいこと言うなぁ！」

「誰がむっつりだ！　殺すぞ、クソ坊主！」

「照れるなッス、義兄弟！」

「貴様らと義兄弟になった覚えなどない！」

　メリーの前で割と格好いい台詞を言ったというのに、坊主コンビの茶々で見事に面子を潰された箔天坊。仕返しとばかりに、箔天坊は坊主コンビの脳天を一発ずつ殴って黙らせた。

「でも、傍から見ると、三馬鹿トリオって感じだよね～」

「メ、メリーッ!?　何てことを言うんだ！」

「はっはっはっ！　これだから、馬鹿と一緒にいると面白い！」

　瓜子は膝を叩きながら大笑いをした。

　やはり、うらめし屋にはしんみりした雰囲気よりも、こうした騒々しい雰囲気の方が似合っていた。他の者達も笑いを隠そうとせず、口を大きく開けて笑い合っていた。

「小生を馬鹿扱いするな！　納得がいかん！」

「まぁ、馬鹿レベルで言えば、やはり夏彦が頭一つ飛び抜けているがのぅ」

「……何だか、そう言われると負けた気がして腹が立つな」

「箔天坊さんはどう扱ってほしいんですか？」

　メリーの問いに対して、箔天坊は複雑な表情で下唇……ではなく、嘴（くちばし）を噛んで渋い顔をした。馬鹿扱いされるのは当然腹立たしいが、夏彦以下と言われると非常に不本意な気分になるのだ。

「夏彦はどうしようもない馬鹿じゃが、馬鹿なりに真っ直ぐで天晴（あっぱ）れな男じゃった」

　瓜子は掌の中にある猫のヘアピンを見つめ、静かに微笑んだ。

「惚れた女子（おなご）の未来のため、自ら忘れられることを望み、こうして美冬殿との想い出の品を奪うように懇願してきた。ワシらにできる協力は、このヘアピンを盗むことくらいしかなかった。あとは全て、夏彦自身が成さなければならぬこと。もはやワシらが手助けできることは何もない」

　そこで瓜子は一度言葉を区切り、猫のヘアピンを机の上に置いた。代わりに杯を手にして、ゆっくりと立ち上がった。

　瓜子が杯を取ったことを確認すると、他の面々も杯を手にして瓜子の言葉を待った。

「夏彦は短い間じゃったが、うらめし屋の仲間じゃった」

「がははは、某にとっては義兄弟の契りを交わした仲よ！」

「拙僧にとっても、愉快な兄者であったッス！」

「箔天坊さんも夏彦君とは仲がよかったよね？」

「ば、馬鹿を言うな。あんな奴と仲良くなどしていない！」

「ウチ、ああいう騒がしいのは苦手だけど、別に嫌いじゃない……」

「てやんでぃ、あの馬鹿とはもっと一緒にやりたかったぜ！」

「皆の者、あの生粋（きっすい）の大馬鹿野郎、雨月夏彦と過ごした想い出を決して忘れるな！　ワシら、うらめし屋は友と過ごした想い出を胸に、よりよき未来、人と妖（あやかし）が手を取り合える未来のために邁進し続けようぞ！　さぁ、ワシらの仲間、雨月夏彦の門出（かどで）だ！　故人を偲（しの）ぶなどと陰気なことは言わん！　盛大に騒いで見送ってやれ、我らが友を！」

　瓜子は天に突き上げるように高く杯を掲げた。

「——献杯ッ!!」

※

「ぎゃああああああああああああああああああああああああああああああああッ!!」

どわあああああああああああああああああああああああああああああああああッ!!

みぎゃあああああああああああああああああああああああああッ!!」

「ちっ……。しぶといですね……」

予想通り、僕と神崎の鬼ごっこは最高にバイオレンスになっていた。

旅館の中をひたすら追い回され、今は近くの森を走り回っていた。屋外になると神崎の攻撃は更に激しさを増し、自然保護団体に喧嘩を吹っ掛けるような勢いで森林を破壊し続けていた。

僕が生きている頃の鬼ごっこでは神崎が御札なんて使わなかったから、遠距離攻撃されることもなかった。だからここまで命の危機を感じることはなかった。いや、ハサミとかコンパスとか、その辺にあった植木鉢とか、いろいろと投げ付けられたこともあったたか。

神崎って本当に昔から容赦なかったよな……。こいつ、本当に僕のことを好きなのか？　あの猫のヘアピンがあっても、正直、半信半疑なんだけど……。

まぁ、今更、神崎の気持ちとかはどうでもいい。今大事なのは、僕自身の気持ちだ。この鬼ごっこを終わらせて、神崎を解放してやろう。それができるのは、僕しかいない。いや、そういう理屈なんてのも今更どうでもいいんだ。

ただ、伝えたい……。

それが僕の未練だから……。

「大分お疲れだな、神崎。もうギブアップか？」

「はぁ、はぁ、はぁ……。誰が……、諦めるものですか……。私は絶対に諦めません……。必ず……、貴方を捕まえてみせます！」

神崎の意気込みには感服するが、彼女にも体力の限界がある。それが生きている者の制約だ。……僕はもうその制約に囚われていないから、いくらだって逃げ続けられる。

だから、この鬼ごっこは初めから勝負が決まっていたんだ。

ちなみに、生きていた頃は僕もその制約のせいで必ず負けていた。だって、神崎ってば運動神経抜群な上に体力が底なしだったから。今だって全力疾走で三時間以上も追ってきたし。おかげですっかり夕暮れになっていた。

「くっ……、これが最後の御札ですか……」

どうやら御札の方も底を尽くようだ。いよいよ終わりが近付いてきている。

神崎は最後の御札を手に取り、慎重に狙いをすませる。あれに当たれば酷い目に遭うだろうが、別に当たったところで結果は変わらない。できれば痛い目に遭いたくないので、避けたいとは思うが……。

「雨月、覚悟!!」

「覚悟ならとっくにしてるっての！」

神崎から逃れて森を駆け抜けると、夕日に照らされた静寂な河原に到達した。

そこは美しい場所だった。夕焼けの赤を反射して輝く清流はどこか浮世離れしており、此岸と彼岸を分かつ三途の川のようだった。輝ける紅の河原には夕闇に映える曼珠沙華が群生し、まるで死出の旅路に行かんとする者を迎え入れているようだった。

曼珠沙華は秋の彼岸頃に咲き誇る赤い花であり、またの名を彼岸花と呼ぶ。むしろ、彼岸花という名前の方が有名だろうか。この独特の形状をした赤い花には別名が多く、地獄花、幽霊花など、その別名の多くは死を連想させるものばかりだった。

だが、この花には死を連想させる以外の別名もある。

曼珠沙華は、花と葉が同時に開くことはない。花は葉を想い、葉は花を想う。互いに想い合いながらも、決して共にいることのできない永遠の片想いの花。

それが曼珠沙華のもう一つの名前、相思花だ。

あぁ、全く以て皮肉な巡り合わせだ。僕と神崎の別れの場所にこんな花が咲いているなんて……。

「何をボーっとしているんですか、夏彦ッ!!」

「えっ……?」

群生する彼岸花に目を奪われていた僕は、自分が追われていることを忘れていた。

神崎の声に反応して振り返ると、目の前には殺傷力抜群の御札がもはや回避不能なほど間近に迫っていた。

まずいと思う間もなく御札が直撃した。

威力が威力だけに当たったらヤバそうだと思っていたが、これは本当にヤバいな。凄まじい衝撃に目が回り、身体の方も宙を回る。御札の爆発によって僕は弾き飛ばされ、石だらけの河原をゴロゴロと転がった。

「い、いてて……」

焦げ付いた身体で起き上がると、神崎が僕の間近まで辿り着いていた。

起き上がるタイムロスを考えると、もう神崎から逃げられそうにない。神崎もそれがわかっているから、もう駆け足を止めてゆっくりと近付いてきた。

「何してるんですか？　雨月」

「いや、花が綺麗だな～って見惚れてただけ」

「似合わないこと言わないでください」

事実なのに、バッサリと切り捨てられた。まぁ、自分でも似合わないと思うので否定はしないが。

「さぁ、この馬鹿げた鬼ごっこも終わりです」

「そうだな……」

間近に迫っていた神崎が手を伸ばす。

手を伸ばせば届く距離。だが、その手が届くことはない。

神崎の手は僕を捕まえることなく、僕の身体をすり抜けてしまった。

「……ッ⁉」

「捕まえられねぇよ、お前には……。僕はもう死んでいて、お前はまだ生きているんだから。絶対に、お前じゃ捕まえられない……」

生者は決して死者に触れられない。

それが世の理であり、覆しようのない現実だった。

神崎は信じられないものを見るような目で僕の身体を突き抜けた手を見つめていた。いや、見ているのは彼女自身の手ではなく、幽霊である僕のことかもしれない。

こんなこと、わかりきっていたことなのに……。

僕はもう死んでいて、神崎は生きている。

「お前じゃ、僕を捕まえられないよ……。もう二度とな……」

「雨月……」

神崎は突き抜けた手を引き戻し、言葉を失って立ち尽くしていた。

大分ショックを受けているようだが、おかげで頭は冷えてくれたようだ。これで多少はまともに話ができるだろう。

僕は起き上がって、茫然としている神崎の瞳を真っ直ぐに見つめた。

神崎は物怖じしない無表情なクールビューティであるが、実は人と目を合わせるのが苦手だった。だから、普段は鋭い眼光で相手を怯ませている。

大概の奴は神崎にビビって目を逸らすが、僕は今更神崎の眼光でビビることはない。こいつが睨んできても真っ直ぐに見つめ返す。そうすると、決まって神崎はバツが悪そうに目を逸らす。こういう部分は意外とシャイで可愛いと思うのだが、他の部分が大分バイオレンスだからプラマイゼロってところだ。

「……楽しかったか？　久しぶりの鬼ごっこは」

「楽しくなんか、ないですよ……」

「そっか。僕は楽しかったんだけどな」

「あんな風に追われて何が楽しいのか理解に苦しみます」

「神崎と一緒なら、何をしたって楽しいさ」

「う、雨月……」

神崎が驚いた様子で僕の目を見つめるが、やはりすぐに目を逸らしてしまう。これで頬を赤らめたり、表情豊かだったりすれば、もっと可愛いんだけどなぁ……。まぁ、神崎だから、仕方ないか。…………こいつは、別に無表情でも可愛いし……。

「なぁ、神崎……」

「何ですか……」

「神崎が僕を捕まえられない以上、この鬼ごっこは僕の勝ちだな」

「いいえ……。私はちゃんと捕まえました……」

神崎は再び手を伸ばす。

その手で僕に触れることは決して叶わない。

届かないと知っているはずなのに、それでも神崎は手を伸ばし、僕を抱き締めるように寄り添ってきた。

神崎は僕に触れてはいない。

決して触れられない僕の身体を抱き締めるような真似をしているだけ。

それなのに、僕は確かに神崎の温もりを感じていた。届かないはずなのに、触れられないはずなのに、どうしてこんなに温かいのだろう。

「鬼ごっこに勝ち負けなんてありません……。終わりなんてありません……。私達が望めば、ずっと続くんです……」

「……そうだな。鬼ごっこって、終わり方が決まってないもんなぁ。大体は誰かが疲れたとか、飽きたとか、帰る時間だとか言い出して、勝手に終わっちまう。まだ遊びたくても、みんな勝手にいなくなってさ、一人になっちまったら終わっちまう……。だけど、そうしたいと望む限り、ずっと続く。永遠に続く……」

「そうです……。ずっと、ずっと終わらないんです……」

温かい……。

好きな人の温もりって、こんなにも心地いいものだったんだ……。

ずっと、このまま神崎の温もりを感じていたい……。

だけど、駄目だ……。

駄目なんだよ、神崎……。

お前だって、本当はわかっているはずだろう……？

永遠なんてない。どんな遊びだって必ず終わるんだ。僕達がどんなに一緒にいたいって願っても、現実はいつだって残酷なんだ……。

「……でもな、神崎……。僕達はずっと一緒には……」

「好きです、雨月……。ずっと、側にいてください……」

あの神崎がボロボロと涙を零していた。

決して触れられない僕の身体を抱き締めながら、好きだと言ってくれた。

こんなにも嬉しいことはない。幽霊の身でありながら、こんなにも満たされた気持ちになれるとは思わなかった。

人は、たった一つの言葉だけで、こんなにも幸せになれる。

あぁ……、こういう気持ちを天にも昇るようだと表現するんだろうか……。

だけど、僕はこの言葉を受け入れる資格なんてない……。

受け入れては駄目なんだ……。

「……ごめん、神崎。その願いは叶えられない……」

「雨月……」

神崎の泣き顔なんて見たくなかった。

笑ってくれなくてもいい。いつも怒っていてもいい。だけど、泣いてほしくはなかった。神崎の涙だけは見たくなかった。

そう願ってきた僕なのに、その僕自身が神崎を泣かせている。

「永遠なんてない。僕達は終わらないといけない。そうしなければ、僕もお前も先には進めない。……だから、僕達の鬼ごっこはこれで終わりだ……」

すぅ……っと神崎の腕からすり抜ける。

幽霊の身体は何の抵抗も受けることなく神崎の腕を通り抜け、そのまま夕焼け色に染まった川の前まで飛んでいく。

あぁ、寒いな……。

この幽霊の身体では暑さや寒さなんて感じなかったのに、今はとても寒く感じた。

神崎の温もりを失うと、こんなにも寒いなんて……。

「僕がいなくなれば、もう鬼ごっこはできない……。それで、全部終わるんだ……」

「ま、待って……、雨月……。待ってください！　逝っちゃ駄目です、雨月！」

「さよならだ、神崎……」

心残りはある。

今、泣きながら僕を追い掛けてくる神崎を置いていくことに抵抗がないと言ったら嘘になる。本音を言うならば、僕だって永遠に神崎の側にいたい。

だけど、神崎の幸せのために消えるんだ。

僕自身のためにも終わるんだ。

この言葉を告げて、僕はこの世から消えるんだ。

ずっと伝えたかった君への想い。それさえ伝えられれば……、それだけで僕の未練は断ち切れる……。

「……僕は、神崎美冬が好きだったんだ……」

いつか生まれ変わることができるのなら、幸せになった君とまた……。

終章

　　愛しい君の幸せのために、
　去ることに後悔なんてない……。

「……僕は、神崎美冬が好きだったんだ……」


「雨月ィィィィィイッ!!」

美冬は愛しい人の名を叫びながら手を伸ばす。

だが、その手は何も摑めずに空を切る。

少女は空っぽの手で倒れ伏した。

かつて雨月夏彦がいた場所には、もう何もなくなっていた。現世に留まっていた夏彦の魂は、未練を断ち切って天へと昇っていった。

だから、もう届かない。

もう二度と神崎美冬の前に、雨月夏彦が現れることはない。

「雨月……、うづ……、夏彦ぉ……。いや……、消えないで……。夏彦……。貴方が幽霊でもいい……。私の側にいて……。夏彦ぉ……」

手を伸ばす。

伸ばす、伸ばす、伸ばす。

何度も、何度でも、届かぬと知っていながらも何度も。

しかし、どれだけ手を伸ばしても美冬の求める者には届かない。ついには両手を落として、美冬は愛する人が消えてしまった場所でうずくまってしまった。

「どうして……、どうして……、消えてしまうんですか……。私のことが好きなら……、どうして私一人を残して……、逝ってしまうんですか……」

「美冬殿のことが好きだからじゃよ……」

「……瓜子社長……」

泣き崩れていた美冬が顔を上げると、そこにはいつもの着流し姿の瓜子が悲しげな表情で立ち尽くしていた。

瓜子はそっと美冬に向けて手を差し出すが、彼女はその手を取らずに河原に座り込んだまま俯(うつむ)いた。愛する人を目の前で失った今の彼女には立ち上がる気力などなかった。このまま夏彦を追って死にたいとすら思っていた。

だが、そんな美冬の心を読めるがゆえ、瓜子は彼女の腕を取って無理矢理にでも立ち上がらせた。

「好きだからこそ……、真に愛する者の幸せを願うからこそ……、あやつは消えねばならぬと思ったんじゃ……」

「どうしてッ!? どうして、私の幸せを願っているのに消えるんですか！ 私の幸せは、どんな形でも夏彦と一緒にいられればよかったんです……。ただ、側にいて……、馬鹿なことを言って……、いつも私を殻の中から連れ出してくれる夏彦がいてくれれば……、私はそれだけでよかったんです……」

美冬は瓜子の胸倉を摑んで怒鳴り付けた。しかし、その興奮も一瞬だけで、美冬の言葉はすぐに力を失っていった。瓜子の胸倉を摑んでいた手も、縋り付くような弱々しい摑み方に変わっていた。

「……それは夏彦が生きていれば、の話じゃよ。あやつはすでに死した身。美冬殿と一緒にいれば、必ず不幸にしてしまう。それを知っていたからこそ……」

「夏彦のいない世界に幸せなんてありません!!」

美冬は嗚咽(おえつ)を漏らしながら、ただ愛しい人のことを想う。

夏彦が幽霊であっても、もう一度会うことができて嬉しかった。

触れ合うことができなくても、ただ側にいられるだけでよかった。

あの時、触れられない夏彦を抱き締めた瞬間、確かに彼の温もりを感じられた。触れられなくても、あんなにも幸せでいられた。あれほどの幸せ、他にあるはずがない。

「……それでも、ヌシは夏彦のいない世界で幸せを探さねばならん」

「どうしてですか⁉ どうして、そんな残酷なことを言うんですか！ 私にとっての幸せはもうどこにもないんです……。夏彦がいなくなった今、私の幸せも一緒に消えてしまったんです……。それなのに、どうして夏彦のいない世界で幸せを探さないといけないんですか……」

「……それが、あやつの最後の願いだからじゃよ」

瓜子は両手で俯く美冬の顔を上げさせ、夏彦が伝えきれなかった想いを告げる。

自分が消えた後も幸せに生きてほしい。そう願って、夏彦は消えていった。そんな彼の想いを無駄にさせないために、このまま美冬を悲しみに暮れさせる訳にはいかなかった。

だが、愛する人を失ったばかりの彼女にとって、それは簡単に受け入れられる想いではなかった。

美冬は瓜子に抱き抱えられるような形で泣き崩れた。

愛する人を二度も失った悲しみ。それを受け入れるためには、まだ多大な時間が必要だろう。かつて大切な友人を失ったことのある瓜子はその悲しみの一端を知るがゆえに、今はただ泣き咽ぶ少女を黙って抱き締め続けた。

今はまだ、好きなだけ泣かせてあげよう……。

でもいつか、彼女には新たな幸せを得てほしい……。

今は亡き友から託された願い――。

瓜子は友が残した想いを決して無駄にはしない。神崎美冬が立ち直り、新たな幸せを掴むその時まで、夏彦の代わりに彼女を見守ると約束を交わした。

だから、見守っていく。

愛する人を失った少女を抱き締めながら。

いつか彼女が新たな幸せを見つけることができたなら、その時こそ彼女に返そう。

夏彦が残した古ぼけた猫のヘアピンを。

「……それにしても、あやつ、最後まで頭にバナナの皮を載せたままじゃったなぁ……」

瓜子は故人を想い、ひそやかに微笑んだ。

了

本作品は、二〇二二年五月、弊社より刊行された単行本『うらめしや本舗』を加筆・修正し、文庫化したものです。

本作品はフィクションであり、実在の個人・団体などとは一切関係がありません。

文芸社文庫NEO

うらめしや本舗

二〇二一年五月十五日　初版第一刷発行

著　者　遠野秀一
発行者　瓜谷綱延
発行所　株式会社　文芸社
〒一六〇－〇〇二二
東京都新宿区新宿一－一〇－一
電話　〇三－五三六九－三〇六〇（代表）
〇三－五三六九－二二九九（販売）
印刷所　株式会社暁印刷

ISBN978-4-286-22830-3

［文芸社文庫NEO　既刊本］

あまひらあすか
終末世界はふたりきり

人類が〝ほぼ滅亡〟してからX日。ただ一人生き残った人間・ネクロマンサーは、ゾンビのユメコと楽しく快適に暮らしていた。死霊術師とゾンビ少女のほのぼのポストアポカリプスファンタジー！

北川ミチル
バタフライは笑わない

有望な競泳選手だった夏子は、高校生になっていじめにあい、引きこもる。ある日、小学校時代の同級生に偶然再会して…。憎しみと友情を描いた第2回文芸社文庫NEO小説大賞大賞受賞作。

小坂流加
余命10年

数万人に一人という不治の病に侵された20歳の茉莉は余命が10年であることを知る。もう恋はしないと心に決めたのだが…。本書の編集直後に39歳で急逝した作者による、せつないラブストーリー。

小坂流加
生きてさえいれば

入院中の叔母の病室から「出されなかった手紙」を見つけた甥の千景は、叔母が青春時代に思いを寄せていた男性の存在を知る。急逝した『余命10年』の作者が、その豊潤な才能を示した感動の遺作。

［文芸社文庫ＮＥＯ　既刊本］

佐木呉羽

神様とゆびきり

幼い頃から神様が見える真那は、神様に守られながら成長した。高校一のイケメンから告白されたことで、女子たちから恨みを買う。すると体に異変が…。時を超えたご縁を描く恋愛ファンタジー。

新馬場新

月曜日が、死んだ。

ある朝、カレンダーから月曜日が消えていた。薄れていく記憶、おかしな宗教団体、元カノの存在。月曜日の悲しみに気づき、元の世界を取り戻せるのか。第3回文芸社文庫ＮＥＯ小説大賞大賞受賞作。

田家みゆき

シャルール　～土曜日だけ開くレストラン～

結婚前夜の父娘、亡夫との思い出の一皿を探す老婦人など、様々な人が訪れるフレンチレストラン「シャルール」。極上の料理とワインと共に紡がれる奇跡の物語は、魔法のようにあなたを癒します。

人間六度

BAMBOO　GIRL

満天の星の夜、天体観測をしていた高校1年生のソラは、落下してくる不思議な物体を目撃する。駆けつけると、そこには緑色の髪をした女の子が立っていた。竹取物語×青春ＳＦファンタジー。

［文芸社文庫ＮＥＯ　既刊本］

ひろりん
箱をあけよう　メイの異世界見聞録

神社で妙な男に渡された箱を開けると、なんとそこは海の上！イケメンの船長をはじめ男ばかりの商船に助けられた芽衣子はメイと名乗り少年のふりをして働き始める。異世界冒険ファンタジー。

水名月けい
猫目堂　心をつなぐ喫茶店

もう会えないはずの〝あの人〟にもしもまた会えたら…。ある理由からクリスマスが大嫌いな女性、娘の結婚を祝えなかった男性――様々な人とあちらの世界をつなぐ、山奥の不思議な喫茶店の物語。

吉川結衣
あかね色の空に夢をみる

同級生の突然の死を受け入れられず、次への一歩を踏み出せない高校生の葛藤を描く。17歳にして鮮烈なデビューを飾った第1回文芸社文庫ＮＥＯ小説大賞大賞受賞作。「その後の物語」も収録。

吉川結衣
放送室はタイムマシンにならない

円佳の通う高校の放送部には「タイムトラベルができる」という伝説がある。過去にこの学校で何があったのか――。高校生として第1回文芸社文庫ＮＥＯ小説大賞に輝いた若き作家の受賞第一作。